着ル怪談

加藤 一
川奈まり子
木根緋郷
郷内心瞳
つくね乱蔵
夜行列車

竹書房
怪談
文庫

※本書は体験者および関係者に実際に取材した内容をもとに書き綴られた怪談集です。体験者の記憶と主観のもとに再現されたものであり、掲載するすべてを事実と認定するものではございません。あらかじめご了承ください。

※木書に登場する人物名は、様々な事情を考慮して一部の例外を除きすべて仮名にしてあります。また、作中に登場する体験者の記憶と体験当時の世相を鑑み、極力当時の様相を再現するよう心がけています。今日の見地においては若干耳慣れない言葉・表記が記載される場合がございますが、これらは差別・侮蔑を助長する意図に基づくものではございません。

死なうと思っていた。
ことしの正月、よそから着物一反もらった。お年玉としてである。
着物の布地は麻であった。鼠色の細かい縞目が織り込まれていた。
これは夏に着る着物であらう。夏まで生きてゐようと思った。

——太宰 治（『晩年』昭和十一年刊）

目次

赤いセーター

郷内心瞳

時は八〇年代の終わり頃。江串《えぐし》さんが成人してまもない頃の話だという。

八月のお盆休みに、仲間たちと深夜の肝試しを決行することになった。

真夏の余興にぴったりだったし、テレビで毎週のように放送していた心霊関係の特番なども、気分を盛りあげる後押しになっていた。

向かった先は、地元の山中に立つ廃旅館である。その昔、深夜に起きた火事で建物が半焼し、宿泊客がひとり、炎に捲かれて亡くなっているらしい。当然、幽霊が出るとの噂もあった。

参加メンバーは江串さんの他、男友達ふたりと女友達ふたりの総勢五名。男友達のひとりが運転する車で現地へ向かった。

件《くだん》の廃旅館は、見れば確かに建物の片側半分余りが黒く焼け焦げた骨組みだけと化していて、いかにも出そうな雰囲気を醸しだしている。探検するにももってこいの雰囲気だった。

とはいえ雰囲気は本物を保証するものではない。懐中電灯の薄明かりを頼りに荒れた館内を一頻り巡ってみたが、幽霊は出なかったし、わずかな怪異が起こることもなかった。

それでも十分怖い気分は味わえたということで、折を見ながら切りあげることにする。

真っ暗な山道を下る帰りの車中、助手席に座る江串さんが、運転手の友人と話をしていると、うしろのほうから「ふえっ？」と素っ頓狂な声が聞こえてきた。女友達の声である。

続いて後部座席に座る他の友人たちも奇妙な呻き声を洩らし始め、最後に全員が声を揃えて、ガラスも粉砕できそうなほど盛大な悲鳴をほとばしらせた。

何事かと江串さんが驚くうちに、運転席の友人が急ブレーキを踏んで路肩に車を停める。

江串さんが振り返ると後部座席では、まんなかに座る女友達から身を遠ざけるような恰好で、両側に座る友人たちが金切り声をあげている。まんなかの女友達は、悲鳴をあげて泣いていた。

何をそんなに怯えているのだろう？

三人の様子をうかがい始め、頭が理解に及ぶなり、江串さんも髪の毛が逆立つような叫びをあげることになった。

まんなかに座る女友達は、ぼろぼろに擦り切れた赤いセーターを着ていた。

無論、彼女のセーターではない。今夜は白いTシャツ姿で肝試しに参加していたはずである。記憶をたどってみる限り、帰りの車に乗りこむまで彼女は確かにTシャツ姿のままだった。

セーターはすぐに脱いで車外へ放り捨てたのだが、その後も得体の知れない慄《おのの》きは収まらず、過度に怯えた運転手の友人が車を飛ばしすぎたのが仇となる。

山道を下ってまもなくした頃、車は激しくスピンしながら国道上のガードレールに突っこみ、同乗していた全員が、相応の怪我を負う羽目になってしまったそうである。

二人羽織

郷内心瞳

こちらは九〇年代の初め頃にあった話と聞いている。

会社員の千富《せんとみ》さんは、正月休みに親しい同僚たちと地方の温泉旅館へ泊まりに出掛けた。

初日の夕食時、地元の新鮮な食材をふんだんに使った美味しい料理と地酒に舌鼓を打ちつつ、楽しく談笑を交わしていると、そのうち酒も回ってくる。

折しもテレビでは、『新春かくし芸大会』の特番が放送されていた。自分たちも正月らしく、何か楽しい余興をやろうという話になる。

酔った頭で思いついたのが、二人羽織だった。羽織はあるし、煩瑣《はんさ》な下準備も必要ない。

名乗りをあげた同僚ふたりが、さっそく前後に身体を張りつけ、上から羽織を着こむ。

そうして準備が整い、座卓に並んだ料理に箸をつけ始めたのだが、事前に思っていた以上に上手くいかないものだったし、思っていた以上に笑えるものでもあった。

羽織の前側にいる同僚が、羽織の中に隠れる同僚に「右!」や「左!」と声をかけるのだが、いずれの料理もまともに掴むことができず、運よく掴めても口へと持っていく前に落としたり、鼻の穴に突っこみそうになったりする。

吸い物の入ったお椀が浴衣の胸元でひっくり返り、いちばん大きな笑いが起こったところで、そろそろ終わりにしようかということになった。

浴衣をしとどに濡らした同僚が「まったくひどい目に遭った……」とぼやきだすのと同時に、羽織がうなじのところからぐんと盛りあがって、中から顔が迫りだしてくる。

髪の長い女の顔だった。

獣肉の脂身を思わせる真っ白い顔色をした女で、目は常人の倍近い大きさがある。

そんな女が同僚の肩越しからぬっと首を突きだし、座卓の差し向かいに座る千富さんたちを見ながら薄笑いを浮かべていた。

はっとなって千富さんたちが立ちあがると、二人羽織のふたりもつられて一緒に立ちあがる。弾みで羽織がふたりの身から剥がれ落ちたが、露わになったふたりのそばに女の姿は影も形も見えなかった。

それからまもなく、千富さんはフロントに出向いて「部屋を替えてほしい」と頼んだのだが、なんとなく予期していたとおり、スタッフはすぐに別の部屋を手配してくれた。

くわしい事情は、何も話していないというのにである。

新しく宛がわれた部屋は、前の部屋より数段グレードの高い豪華なものだったという。

ジャフラー

郷内心瞳

仙台に暮らす津実《つみ》さんから、凄まじく嫌そうな顔でこんな話を聞かせてもらった。

二年前の真冬、津実さんは彼氏が暮らす市内のアパートへ遊びに出掛けた。

昼過ぎに訪ねて夕食を挟み、夜の九時を半分過ぎるのを見計らって帰ることにする。

彼氏宅へ遊びにいくと、そのまま泊めてもらうことが多かったのだけれど、この日は翌日が休日出勤だったため、やむを得ず切りあげるしかなかったのである。

「ほんとは寒くて、外に出るのもイヤなんだけどね……」

帰りしな、後ろ髪を引かれる思いで彼氏にぼやくと、彼氏は「だったらいいもんやるよ」と、クローゼットの中を探り始めた。

まもなく彼氏が手に取ったのは、オルテガ柄の茶色いマフラーだった。

生地は分厚くて、首に捲いたらいかにも温かそうな感じである。

「元々もらいもんだし、俺はマフラーしない主義だから、いらないいんだよね」

そんなことを言いつつ、彼氏が差しだしてきたマフラーをありがたく受け取る。

この日は朝から気温が氷点下の境をいったりきたりしていた。スマホで気温を調べたところ、マイナス二度とのことである。帰りの道中、マフラーは心強い味方になってくれそうだった。

さっそく首に捲かせてもらい、玄関口まで彼氏に見送られながら部屋を出る。

外は思っていた以上に冷えこんでいて、軽く息を吸いこんだだけで凍えそうな心地になった。

ぎゅっと身体を強張らせながら、最寄りの地下鉄駅まで歩きだす。

人気の絶えた住宅街の路地を数分進んだ辺りで「マフラーは単なる飾りか？」と思い始める。

生地は分厚く、横幅もたっぷりと広く、首筋から胸元にかけて、蛇がとぐろを巻くような形でぐるぐると捲きつけている、それなのにまったく温かさが感じられないのである。

逆に冷たかった。生地が濡れているのではないかと感じてしまうほど、首筋に伝わってくるマフラーの感触には、なんとも奇妙な冷たさを感じた。

本当に蛇が巻きついてるみたい――。

思ったところへ、胸元に垂れるマフラーの端が「ぐっ！」と鎌首を擡《もた》げるように浮きあがり、津実さんの目の前に迫ってきた。

蛇だった。

茶色く大きな蛇の顔が、割れた舌をちらちらさせながら、左右に頭をくねらせている。

悲鳴をあげつつ、首からマフラーを引き剥がして放りだす。どぎまぎしながら路傍に落ちたマフラーに視線を向けると、凍てつくアスファルトの上にくたりとなって横たわっているのは、ただの茶色いオルテガ柄のマフラーで、蛇であったような痕跡はどこにも見当たらなかった。

マフラーを放ったままアパートへ引き返し、彼氏に事情を伝えたところ、以前交際していた彼女からプレゼントされたマフラーだということが分かった。

すっかり憤慨した津実さんは、しばらく彼氏と疎遠になってしまったという。

12

前の人

郷内心瞳

やはり真冬の寒い時季の話である。

美容師の房子《ふさこ》さんがネットオークションで、古着のコートを買った。

シックな色味の青いダッフルコートで、デザインが気に入ったので即決価格で落札した。

数日後、コートが家に届く。

出品時に掲載されていた写真の印象よりも、青の色味がはるかに綺麗でますます気に入った。

袖を通すとサイズもぴったりである。

どんな具合の装いになったかと、自室の隅に備えられた姿見の前に立ってみる。

鏡の中には見たこともない女が、青いダッフルコートを羽織って立っていた。

今度は房子さん自身が、コートをネットオークションに出品し直したそうである。

この世に残る想いの白

郷内心瞳

数年前の秋、東北地方が強い台風に見舞われた時の話である。

その日、矢杉《やすぎ》さんは折しも残業があって、会社を出るのが深夜に近い時間になってしまった。夕暮れ時を境にますます激しさを増した雨風は、その後も勢いを弱めることなく、暗闇の中で波しぶきのような水音を轟《とどろ》かせている。

濡れ鼠になりつつ駐車場に停めてある車に乗りこみ、家路を慎重にたどり始めたのだけれど、通い慣れた県道の途中まで差しかかると、道路が浸水して通行止めのバリケードが並んでいた。仕方なくUターンして、普段はほとんど使わない町道を進んでいくことにする。

こちらは商業施設が立ち並ぶ賑やかな県道と違い、道の両側に古びた民家や家畜小屋などが点在する、寂れた細い道筋である。荒天のうえに遅い時間とあって、道行くさなかにすれ違う車は一台もなかった。賑やかなのは雨音だけである。

マシンガンのようにフロントガラスを打ちつける雨粒の勢いにワイパーの動きが追いつかず、視界がぼやけて運転もしづらい。神経を尖らせながらハンドルを握っていると、前方の路上に何やら白い物が転がっているのが、かすかに見えた。

大きさや形から見て、初めは小動物の死骸かと身構えたのだが、距離が近づいていくにつれ、白いハイヒールの片割れだと分かる。

対向車線側に大きくハンドルを切って避ける。無数の雨糸が篠突《しのつ》く路面にぽつりと横たわるハイヒールを脇目で見やり、どうしてこんな物が道に転がっているのだろうと首を捻った。

気を取り直して視線を前方に戻すと、すぐ目の前を白い人影が横切っていくのが目に入る。

白いウェディングドレスを着た女だった。

狼狽《ろうばい》しながら急ブレーキを踏んだとたん、視界が大きく揺らいで、車内の重力がなくなった。

続いて凄まじい轟音と衝撃に見舞われ、目の前が真っ白になる。

エアバッグが開いたのである。

ショックで慄く身体をどうにか焚きつけ、窓の外へ視線を向けると、車は対向車線側に立つ民家のブロック塀に鼻から激突したようだった。身体に痛みは感じなかったが、手足は空気が抜かれたように力が入らなくなっている。

「マジかよ……」と焦りつつ車外の様子に視線を泳がせると、横殴りの雨糸に煙る暗闇の中に真っ白い人影が見えた。純白のウェディングを着た若い女が、道の向こうに立っている。

ぎょっとなった瞬間、運転席の窓を叩かれ、けだものじみた声があがった。

振り向くと、傘を差した年配の男女がこちらを心配そうに覗きこんでいる。

「大丈夫？」と聞かれてうなずいたが、それより事故を起こした原因のほうこそ話したかった。しどろもどろになりつつも「実は……」と切りだし、道の向こうに指先を向ける。

いない。

伸ばした指の先では、雨糸が音を鳴らして暴れているだけだった。

その後、パトカーと救急車がやって来て、矢杉さんは病院に搬送された。

入院中に警察官から事故当時の状況を訊かれた際、ありのままに事情を伝えたのだが案の定、怪訝な顔をされてしまう。

「信じてもらえないんでしたら雨でスリップしたとか、そういう理由でいいですよ」

落胆気味に提案すると、警察官は「分かりました」と答えたうえで、こんな話を切りだした。

「前にもあそこで事故が起きているんです。そっちは死亡事故だったんですが」

七年ほど前に若い女性がスピードの出し過ぎで、自爆事故を起こしているのだという。

言われてみれば、ニュースで見たような記憶がある。

退院後、地元に暮らす知人に聞いた話によれば、件の自爆事故で亡くなった女性というのは、結婚を間近に控えていたらしいとのことだった。

死亡現場には今もブーケが供えられているという話も聞いたので、調べにいってみたところ、現場とおぼしき道端には、確かに古びた白いブーケが横たわっていたそうである。

首だけ残され

郷内心瞳

こちらも交通事故にまつわる話である。数年前の春先、夜更け近くのことだという。

郊外の住宅地に住む日山《ひやま》さんの自宅前で、自爆事故があった。

隣県からバイクで里帰りにやってきた青年が、猛スピードで日山さん宅のブロック塀に激突。

耳をつんざく轟音に驚いて門口を出ていくと、フロントがぐしゃぐしゃにひしゃげたバイクと、
両腕があらぬ方向に捻れた青年が塀の前に横たわっていた。声をかけてもぴくりとも動かない。

まもなく現場にパトカーと救急車が到着したが、青年は最後まで意識が戻ることはなかった。

薄々嫌な予感はしていたものの、翌日のニュースで彼が死亡したことを知る。

壊れたバイクはすぐに回収されていったのだが、事故当時、彼が被っていたフルフェイスのヘルメットだけは、なぜか現場にぽつんと残された。

そのうち誰かが取りに来るだろうと思っていたのだが、結果は逆だった。

事故から何日か経つと、青年の遺族や友人らしき人々が、現場に代わる代わる手を合わせに来るようになる。ヘルメットはさながら墓標の役割を担い、ブロック塀の一角は献花や線香でたちまちいっぱいになってしまった。

自宅の前だし、見ていて気持ちのよいものではなかったが、やめろと言うわけにもいかない。日にちが経てばそのうち引きあげてくれるだろうと思い、黙って様子を見守ることにした。

それからふた月近く経った、夕暮れ時のことである。

日山さんが近所の店へ買い物に行って帰ってくると、献花がたくさん並ぶ事故現場の様子に、ふと違和感を覚えた。

先ほど家を出た時とは、なんだか微妙に様子が違う気がする。

視線を凝らすと、答えはすぐに分かった。

今までずっと閉じていたヘルメットのバイザーが、上にスライドして開いている。

全開になったヘルメットの中には、顔があった。

土気色をした顔から血走った目玉をぎょろりと丸く見開き、日山さんをじっと見つめている。

悲鳴をあげて帰宅した日山さんはすぐさま警察に連絡し、ヘルメットの撤去を必死になって頼むことになったという。

タブー

郷内心瞳

二〇一〇年代の半ば頃、当時は大学生だった美登《みと》さんがこんな体験をしている。

この年の十月末、彼女は大学の友人たちに誘われ、渋谷へ繰り出すことになった。

目的はハロウィンである。駅前を中心に（無許可で）開催される仮装パーティーに参加して、大いに盛りあがろうというのが友人たちの主旨だった。

無論、コスプレをしたうえでの参加である。

地方の田舎が出身の美登さんは人混みが大の苦手だったし、コスプレするのも恥ずかしくて嫌だったのだが、友人たちに押し切られ、不承不承付き合うことになる。

そして迎えた、ハロウィン当日。

友人たちが縞々ニーソの魔女だの、猫の耳を生やしたメイドだの、いかにも狙ったそぶりの可愛い衣装で決めるなか、美登さんが仮装のモデルに選んだのは幽霊だった。

それも『四谷怪談』のお岩さんを模したコスプレである。

白装束と長い黒髪のウィッグは、ネット通販で買った。お岩さんのアイデンティティである、赤黒く腫れあがった片目の瘤は、化粧道具などを使ってそれらしく整えた。

毒薬の作用で腫れあがったコブというよりはむしろ、彼氏のＤＶ被害に遭って深手を負った女のような仕上がりだったが、こちらも痛々しく見えることに変わりはない。

美登さんがこうした装いを自発的に選んだのは、ひとえに煩わしさを避けるためである。

渋谷駅に着いて街中に繰りだすと、さっそくチャラいコスプレ衣装に身を包んだ若い男子のグループに声をかけられた。

彼らは、可愛いコスプレ姿の友人たちには頻《しき》りにガッついてきたのだけれど、顔の右半分を赤黒く染めて陰気な顔をうつむかせる美登さんには、大して興味を示すことがなかった。

その後も道行くさなかや、パレードめいた馬鹿騒ぎに無理やり捻じこまれて行進するさなか、何度か男たちに声をかけられたのだが、美登さんはそれらを全てそつなく回避していった。

手順は簡単である。

あれやこれやと言い寄られても、上目遣いに相手を鋭く睨みつけながら「祟りますよ」とか、「早く死にたいから、こういう恰好をしてるんです」などと言い返してやると、いずれの男もドン引きしてしまい、へらへらしながら身を引いていく。

ナンパのターゲットはよりどりみどりだろうし、誰もしつこく関わってくることはなかった。

友人たちには渋い顔をされたが、それについても「祟るからね」と返して乾いた笑いを誘った。

なんならこうした催しには二度と誘ってほしくなかったので、遠慮することもなかった。

おかげで妙なトラブルに巻きこまれることもなく、夜更け前には帰宅することができた。

「やれやれ」とため息をつきながらＤＶ風の赤黒いメイクを落として、眠りに就く。

トラブルに見舞われたのは、それから先のことだった。

ハロウィンが過ぎた数日後の昼さがり。

美登さんは銀座のほうに私用があって、新宿駅から丸ノ内線に乗った。

電車が四谷三丁目駅に停まった時のことである。

黒いパンツスーツの女が電車に乗りこんできた。

髪の長い女で、色もスーツと同じ真っ黒である。なんともなしに視線を向けると、女の顔は右半分が赤黒く爛《ただ》れ、見るも無惨な有り様になっていた。

火傷か皮膚病のたぐいかと思ったのだけれど、あまりじろじろ見るのは悪いと思い、シートに座る自分の膝へと視線を落とす。

ところが電車が再び走りだしてまもなくすると、かつかつとヒールを打ち鳴らす硬い足音が近づいてきた。続いて目の前に、黒いヒールを履いた足が止まる。

つま先は美登さんのほうに向けられていた。黒いパンツの裾から覗くその足は、紛れもなく先ほど電車に乗りこんできた、あの女性のものである。

車内はシートも含めて空いている。わざわざ美登さんの前に立つ理由などあるはずもない。

不審に思って視線をさりげなく上へ向けると、女もこちらを見おろしていた。

思わずぎょっとなって目を伏せようとしたのだけれど、それより早く女の顔が「すとん」と石が落ちるような速さで迫ってくる。

あっというまに鼻先までおりてきた女の半分爛れた赤黒い顔には、憤怒の滾《たぎ》りに満ち満ちた険しい相がありありと刻まれていた。

そこで金切り声をあげたのまでは覚えているのだが、その後の記憶は欠落している。

再びはっとなって我に返った時には、小さな拝殿の前に立っていた。

場所は於岩稲荷田宮神社《おいわいなりたみやじんじゃ》。

四谷三丁目駅からほど近い距離にある、お岩さんに深い所縁《ゆかり》を持つ神社である。

美登さんは目からぼろぼろ涙を流しながら、拝殿に向かって合掌していた。

わけの分からないまま腕時計を見ると、記憶が途切れてから一時間近くが経っている。

電車が四谷三丁目駅を越したのは覚えているので、ここへは一旦、電車を降りて丸ノ内線を引き返してきたか、あるいはタクシーなどを使って来たということになる。

けれども自分がそうした移動をしたという記憶も、一切残っていなかった。

道理が分からないまま、状況だけが呑みこめてくるのにしたがい、激しい恐怖に見舞われる。ハロウィンでお岩さんメイクを施した自分の顔と、電車の中で迫ってきた半分爛れた女の顔も脳裏をよぎり、居ても立ってもいられなくなってしまう。

財布からなけなしの一万円札を抜きだして賽銭箱の中に入れると、謝罪の気持ちをたっぷりこめて手を合わせる。あとは脇目も一切振らず踵《きびす》を返し、それからしばらくの間、四谷界隈に近づくことはなくなったそうである。

そこにあった黒

松本エムザ

その日、茂美さんはいつものように、始業に備え着替えをしようと、自分のロッカーを開けた。

が、そこに掛けられているはずのグレーの格子柄の制服が、何故か真っ黒に見えた。

いや、そもそも制服はベストとスカートのセットアップだ。だが目の前にあるのは、ジャケットとスカートのツーピース。喪服である。

驚きの余り手も思考もストップしたが、何度か瞬きをした直後、喪服はいつもの制服に戻っていた。

何で、あの服がここに？

確かに一瞬だけ目にしたロッカーに掛けられていた喪服は、茂美さんの就職が決まった際に両親が買ってくれた物だった。

「社会人になったのだから、冠婚葬祭にきちんと備えておきなさい」

そんな母の意向で一緒にデパートに買いに行った。丸襟とくるみボタンのデザインが、キツめの顔立ちの茂美さんを柔らかい印象に見せてくれるだろうと、母親と選んだ一着だった。

当時闘病中で余命いくばくもないと診断されていた祖父が、いつどうなるか分からないから社宅のアパートに持っていきなさい——と強く母親に勧められたが、

「そんなのおじいちゃんが死ぬのを待っているみたいでイヤ」

と、茂美さんは従わず、実家のクローゼットにしまったままのはずの喪服だ。

それが突如現れ、消えた。

悪い予感がした。「いよいよ祖父とお別れする日が近付いているのでは」という考えが、頭から離れなかった。

接客中に、火急の件で実家から電話が入ったと呼び出しがあった。予感が的中してしまったかと、覚悟を決めて受話器を取ると――。

電話口の父親が伝えたのは、脳疾患で倒れた母親の急死の報だった。

茂美さんは件の喪服を永く大切にし、近年行われた母親の十七回忌でも着用したとのこと。

補足すると、この現象が起こったのは母親の死の際のみであったという。

初日の幕が上がるとき

松本エムザ

女優を夢見ていた若き日の美緒さんが門を叩いたのは、先輩が旗揚げした小劇場系劇団だった。そこでは、劇団員全員が役者と裏方を兼任しており、彼女は衣装班を担当していた。

公演のための小屋入りを明日に控えたある晩、貸し稽古場で遅くまで作業をした。最終稽古の後、各役者の衣装を集め、汗臭を取るために軽く水を霧吹きする。更に稽古場に洗濯紐を張り巡らせて衣装を干し、破損や汚れがないかのチェックも怠らない。疲れはピークに達していたが、本番を迎える前の心地よい緊張感が、疲労を忘れさせてくれた。

終電で安アパートに帰宅し、翌朝始発で稽古場に入る。全ての衣装を取り込み、丁寧に畳んで衣装ケースに収めていく。搬入のためのトラックが到着するまでに、作業を終えなくてはならないので、迅速かつ入れ忘れがないよう確実に。

完璧に作業をこなしたはずだった。

だが、トラブルが起きた。

劇場に運び入れた十数個あった衣装ケースのうちの一つが、何故か水浸しになっていたのだ。雨漏りがあった訳でも、水気のあるものが混入していた訳でもない。なのにそのケースに入っていた衣装は、絞れば水滴が垂れるほど湿っていた。

当初美緒さんが故意にやったのではと疑われたが、わざわざ彼女が自分の仕事を増やす理由がないだろうとの声も上がり、とにかく衣装を早急に乾かすことが先決となった。

被害があった衣装ケースに入っていたのは、メインの役どころで着替えの多い、一人の役者の衣装数着。彼は劇団の役者ではなく、外部から招いた客演俳優だったが、この突然の事態に腹を立てたりはせず、

「本番に間に合えば大丈夫だよ」

と、美緒さんを励ましてくれるような、良心的な人物であった。

無味無臭だったとはいえ、衣装を湿らせているのがただの水だとの保証はなかったため、しっかりと洗濯をしてからドライヤーやアイロンを駆使して、何とか初日の開演に間に合った。

しかし、それで万事解決とはならなかった。

終演後、背中の痛みを訴えた客演俳優が衣装を脱ぐと、背中の一部が火傷のように赤く腫れ上がっており、楽屋中が騒然となった。

衣装を濡らしていた液体がちゃんと落ちていなかったんだ。それで炎症を起こしてしまったんだ。

報告を受けた美緒さんはそう思い込み、客演俳優に平謝りに謝罪した。

だがその際も彼は、

「大丈夫大丈夫。問題ないよ」

と、美緒さんを責めるようなことはしなかった。

確かに彼は下着も着けていたし、腕や足には症状は出ていなかったから、衣装が原因ではな

いとも考えられたが、美緒さんは念の為にと客演俳優の衣装を持ち帰り、もう一度洗濯をしてから翌日劇場に持参した。

以降は特に問題なく、無事に千秋楽を迎えることができたが、打ち上げの三次会の席で、美緒さんは座長から、既に帰宅してその場にはいなかった客演俳優に関する内輪話を明かされた。

客演俳優は以前から、衣装に纏わるトラブルに見舞われていたという。

何故か線香の匂いが染みついていたり、何故か覚えのない血痕が付いていたり、何故か黴《かび》が大量に発生していたり。

それらは全て、舞台の初日に起こっていた。その際いつも、共演者の衣装には何の問題もなく、彼の衣装にだけ事は起きていた。そしてどれも、背中の部分に顕著に現象が見られた。

こんなこともあった。

初日の舞台がはねた後、彼が楽屋で衣装を脱ぐと、背中に無数の掻き傷が浮かび上がっているのを仲間が指摘した。「女の仕業だろ」と周囲は囃《はや》したが、彼には全く心当たりがなく、困惑した表情でずっと首を捻っていたそうだ。

美緒さんは風の噂に、その後彼は舞台から離れ、田舎に戻ってしまったと聞いた。

いまだに何かを背負っているかは、知る術はない。

父の願い、母の祈り

松本エムザ

裕美さんは、十五の歳に父親を亡くしている。

検診で見つかった癌が急速に進行し、僅か数カ月の闘病生活を経て、あっという間に逝ってしまった。

元来子煩悩なタイプではなく、家庭より仕事に重きを置いていた父親の死に、軽い喪失感を覚えたものの、悲しみに暮れるほどではなかったという。

例えるなら、パズルのピースのさほど大切でない箇所の一片をなくしたような。

裕美さん以上に冷静だったのは母親だ。葬儀に関する事務的作業を、彼女は淡々とこなしていく。

通夜式を明日に控えた晩、自宅マンションで裕美さんは母親に問うた。

「お母さん、このネクタイ、お父さんに持っていかなきゃね」

父親が、特に気に入って着けていた一本のネクタイ。落ち着いたワインレッドのシルク製で、織り柄を活かしたシンプルなデザインながら、上品な光沢と手触りの良さから、弱冠十五歳の裕美さんにもそれが高級品であるのは分かった。裏地には、イタリアの老舗ブランドのロゴ名も刺繍《ししゅう》されている。

父親が亡くなる、一週間ほど前のことだった。

学校帰りに一人、病院へ見舞いに訪れた裕美さんは、父親からこんな頼み事をされた。

「俺が死んだら、棺に一緒に入れてほしいものがある」

それがこのネクタイだった。

裕美さんが父親のクローゼットを調べたところ、扉裏の目立つ場所に、お気に入りのネクタイは掛けられていた。

「お母さんも、頼まれたんでしょ？」

死にゆく父親の願いを、当然母親も知っているとばかり思っていたのに、裕美さんがクローゼットから持ち出したワインレッドのネクタイを見せると、一瞬目を見張った母親の顔は、みるみると鬼の形相に変わっていった。

「そんなもの！　元の場所にしまいなさい！　早く！」

母親が声を荒らげることなど滅多になく、驚いた裕美さんは言われるがままに、ネクタイをクローゼットへ戻した。

暫《しばら》くして、恐る恐る母親がいるリビングを覗くと、

「お棺に入れるものはお母さんが選ぶから、心配しないで大丈夫よ」

母親は、いつもと変わらない温和な表情で裕美さんに告げた。その変わり身の早さが逆に恐ろしく、裕美さんは父親のネクタイについて深く追求はしなかった。

通夜式の際、棺の中で眠る父親に掛けられていたのは、地味で無難なスーツとネクタイであった。

　父親が、一緒に納棺してくれと懇願したワインレッドのネクタイには、何か曰《いわ》くがあるのではという裕美さんの想像が確信に変わったのは、通夜式を終えた深夜のことだった。

　喉の渇きを覚えて目を覚ました裕美さんは、キッチンに向かうため自室のドアノブに掛けた手を、回す寸前に止めた。

　ドンドンドンドンドンドン。

　廊下からくぐもった音が聞こえてくる。誰かが壁を激しく連打しているような。

　音の方向からして、玄関からでも隣室の姉の部屋からでもない。

　直感的に思い当たったのは、廊下に備え付けられている、父親が使用していたクローゼットだ。

　何故そんな場所から音が？

　好奇心よりも恐怖のほうが遥かに強かったのに、音の正体を確かめずにはいられなかった裕美さんは、薄く自室のドアを開け廊下を覗いた。

　ドンドンドンドンドンドン。

　フットライトが床を照らす仄暗い廊下で、目で見ても分かるほどクローゼットの扉が震え、音を発している。

　中で、何かが、暴れている。

　だがそれより更に異様な事態が、裕美さんを驚愕させた。

　クローゼットを鋭い視線で睨み付けている、仁王立ちの母親の姿があった。

しかし、母親がそこにいるはずがないのだ。彼女は親戚とともに、線香番のために葬儀所に残っている。何よりクローゼットの前に立つ母親は、身体が透けて廊下の向こうが見えている。

裕美さんは全てが夢であってくれと、ベッドに飛び込み布団を頭から被って強く願った。

窓の外が白む頃まで、異音は続いた。

半透明の母は、朝になると消えていた。

父親が棺に入れてくれと頼んだネクタイは、長年続いていた浮気相手から贈られた品であったのだと、裕美さんは葬儀の際、姉に打ち明けられた。

当時既に成人していた姉は、父親の裏切りについての相談を、よく母親から受けていたという。父親は、事情を知らない裕美さんならばと、愛人から贈られたネクタイを棺に入れるように頼んだのだろうか。

何とも舐められたものだと、裕美さんの父親に対する尊敬や愛情の欠片は、この件で一切掻き消えた。

問題のネクタイは後日、母親に鋏《はさみ》で切り刻まれ、生ゴミと一緒に廃棄された。その晩、ゴミ袋が暴れ出すのではないかと懸念した裕美さんであったが、何事もなく、翌朝清掃車に収集されていった。

縁あって再婚しその後幸せに暮らしている母親に、あの日目撃した出来事を明かすつもりはないと、裕美さんは語ってくれた。

ピンクと赤

つくね乱蔵

かれこれ今から二十年ほど前の話である。

その日、美佐恵さんは叔母の知子の遺品整理に向かっていた。

夫が亡くなってから、知子は引きこもるようになった。週に一度か二度、まとめ買いに出るぐらいだ。

幸い、夫の遺産がある。子供がいないため、切り詰めれば食うには困らない。

世間との接触を断てば断つほど、生きていける訳だ。

美佐恵さんの母親を始め、親戚の何人かが時々様子を見に行ったのだが、返事をするどころか睨み付けて帰れ帰れと怒鳴るらしい。

とうとう、気に掛ける者は一人もいなくなった。時折、近所の老婆が訪れるぐらいだ。

亡くなっていたのを発見してくれたのも、この老婆だった。

酷暑の真っ只中である。発見まで時間が掛かったため、知子の遺体はとんでもない様子だったという。

当然、家の中も凄まじい状況に違いない。

美佐恵さんは、専門の業者に依頼しようと提案したのだが、母親が猛烈に反対した。

知子を今まで放っていた私達が悪い。供養の意味でも後片付けはやらねばならない。

恐らく、罪悪感が言わせたのだろう。どれほど説得しても、母親は頑として聞き入れなかった。

親戚縁者に声を掛けたところ、五人の有志が集まった。

美佐恵さんも嫌々ながら参加した。母親の愚痴を延々と聞かされるよりはマシかと思ったのだが、知子の家を見た途端、その判断を激しく後悔した。

当然、孤独死の現場の清掃などやったことがない。

ある程度の覚悟はしていたが、実際の現場の凄まじさは想像を遥かに上回った。

まずは強烈な臭いが襲ってきた。マスク程度では役に立たない。鼻腔にティッシュを詰めても無駄だ。

作業を困難なものにした要因がもう一つ。知子の家は所謂《いわゆる》ゴミ屋敷であった。

至る所にゴミ袋が放置され、悪臭を放っている。台所は黴の生えた食器や、腐敗した生ゴミで埋め尽くされていた。

素人には荷が重すぎる現場だが、有志達は黙々と作業を続けている。

今からでも遅くない、業者に頼もうという美佐恵さんの声は、全員に無視されてしまった。

これは無理だなと諦め、美佐恵さんは居間に向かった。

ここならば腐敗物はないだろうという予想通り、山積みされた衣類があるだけだ。

とりあえず持参したゴミ袋を広げ、一番上の衣類に手を伸ばす。

その途端、思わず手を離してしまった。まるで濡れ雑巾を触ったかのような感触だったのだ。

見た目はカーディガンである。表面は濡れている様子がない。指で摘まみ、そっと持ち上げてみた。何らかの液体が糸を引いている。目を凝らす。血液のように思える。

持ってきたゴム手袋をはめ、思い切って捲ってみた。下にあった衣類も赤黒く染まっている。たちまち辺りが血生臭くなった。

凝視したまま固まっていた美佐恵さんは、気を取り直して血に染まったカーディガンを袋に詰めた。

その下も血で染まっている。その下も、そのまた下も状況は同じだ。

違う点が一つ。下に行くにつれ、血で染まった範囲が広くなっている。

衣類もゴム手袋も血塗《まみ》れだ。逃げ出したくて堪らないのに、頭がぼんやりとして手が止まらなかったという。

残り数枚というところで、意外な物が現れた。

それまでの物とは、明らかにサイズが違う。

どう見ても子供服だ。ピンク色のシャツ、赤いスカート、女児のもので間違いない。

子供がいなかった知子が、持っているはずがないものだ。

最後の一枚をゴミ袋に入れ、のろのろとゴム手袋を外す。

それまでの経緯を母親に報告に行くと、全員が何かに見入っていた。

どうやらアルバムのようだ。

「あの……お母さん、ちょっと良い？」

振り向いた母親は、美佐恵さんの血塗れの手に驚いた。

「どうしたの、それ」

部屋にあった衣類のことを話す。子供服のことも告げると、全員が顔色を変えて居間に急いだ。

出遅れた美佐恵さんは、何げなくアルバムを手に取って眺めた。

知子のものらしい。知子自身と夫の写真が主である。

途中から、妙な写真が混ざってきた。

五歳ぐらいの女児の写真だ。着ている服に見覚えがある。

つい先ほど、ゴミ袋に入れた服だ。

最初の一、二枚の女児は笑顔で写っている。次のページで、いきなり女児の顔がどす黒く腫れ上がっていた。

殴られたのは明らかなのに、女児は涙を流しながら笑っている。

次の写真では、髪の毛がごっそり抜け落ちていた。ぷつぷつと血が滲み出している毛根がアップで撮影されている。無理矢理、引き抜かれたのだろう。

その次の写真で、女児の右腕が有り得ない方向に曲がっていた。

それでも、顔を引きつらせながら笑っている。

毎回同じ服を着ているが、どんどん血に塗れていく。

これは一体何なのだ。激しい憤りに手を震わせながら、美佐恵さんはアルバムを見ていった。

「あ。あんた、それ見ちゃ駄目よ」

いつの間にか戻ってきた母親に咎《とが》められた。

怒りに任せ、美佐恵さんは母親を問い詰めた。

「分からないのよ。何も分からない。この子が何処の誰なのか、何でこんなことをしてるのか、今何処にいるのか」

その場で話し合った結果、これはここだけの話にしておこうと決まった。

美佐恵さんは警察に言うべきだと反対したのだが、誰も得しないと言い聞かされ、渋々応じた。

全て片付け終わり、アルバムの写真も一枚残らず焼き捨てた。

家は売りに出される予定だ。

扉を閉めようとした瞬間、廊下の奥が見えた。

ピンク色のシャツに赤いスカートを穿《は》いた女児が立っていた。

知子の家は何度か売買されたのだが、今現在は廃屋だ。

近所では、幽霊が出ると噂されている。

ピンク色のシャツ、赤色のスカートの子供が、よたよたと歩いてくるそうだ。

吊るしのスーツ

つくね乱蔵

それは今から十年ほど前のこと。

木下さんは、とあるホームレス支援団体に所属していた。

実のところ、まともな団体ではない。生活保護を食い物にするビジネス、所謂囲い屋だ。

当時、木下さんは飲食店を経営していたのだが、資金繰りに苦しんだ挙げ句、闇金融に手を出そうとしていた。

その事務所にいたのが、高校時代の先輩である森田だ。木下さんと森田は、暴走族の仲間でもあった。

武闘派で名を馳せた集団の特攻隊長が森田、その右腕が木下さんだ。

森田は、木下さんが入ってきた瞬間、にやりと笑って手を振った。

「お前、こんなとこ来たらアカンで。どないしたんや」

木下さんが現在の状況を話すと、森田はテーブルに一束の万札を置いた。

「とりあえず持ってけ。足りんかったらなんぼでも出したる。その代わり、手伝ってほしい仕事があんねや」

それが囲い屋だった。

まずは、老朽化して取り壊し寸前のビルを丸ごと借りる。ベニヤ板で仕切りを作り、個人のスペースとする。たったそれだけのことで、寮として完成だ。

次に、ホームレスを集めて生活保護を申請させる。

集めたホームレス達に仕切りをあてがい、光熱費や食費込みの家賃を回収するまでが仕事だ。

食費といっても、安いカップ麺や売れ残りの弁当を配るだけである。

家賃は新築のアパート並の金額に設定し、受給された生活保護費の殆どを取り上げたという。

手伝い始めた頃は、文句を言われるのではないかと不安で仕方なかったそうだ。

だが、そのようなことは一切なかった。呆気ないほど簡単に人が集まり、金が儲かっていく。

数日も経たないうちに、木下さんは悟ってしまった。

こいつらは未来への希望も意欲もなく、空腹を満たせればそれで良しとするクズ達だ。

「無料の保護施設は就職しろとうるさいんだ。ここなら雨風がしのげて、働かなくても飯は出るし、しかも小遣いまで貰えるなんて最高だよ」

そう公言して憚《はばか》らない連中ばかりだ。突然いなくなっても世間には何も影響がない。

気持ちが楽になった木下さんは、森田が驚くほど熱心に働き、着々と成果を上げていった。

そんな中、津川という男だけは違っていた。

苦労して自分の店を持ち、さてこれからというところで大病を患ってしまったそうだ。

残ったのは多額の借金と、些《いささ》か健康に不安が残る身体だけだ。

どうにかして借金を返済して社会復帰を果たし、再び店を持つのが夢だという。

ちなみに、ホームレスの社会復帰の最大の難関は、住所や連絡先がないということだ。

自立支援センターを就活時の住所や連絡先に使うこともできるのだが、津川はその知識を得る前に木下さんと出会ってしまった。

津川は痩せ細った身体を酷使し、建築現場の補助作業員として働き始めた。

他の入居者のように賭け事や酒には目もくれず、ひたすら働いていた。

津川が使う仕切りだけは、綺麗に整頓され、それなりに居心地の良い空間になっていた。

津川は、そこに真新しいスーツ一式を掛けていた。真下に磨かれた靴も置いてある。

亡くなった奥さんからの贈り物らしい。

幸せだった頃に買ったものであり、今の痩せ細った身体には似合わない。

生活を安定させて、身体を元通りにして、もう一度このスーツを着るのが目標だ。

津川は木下さんに照れながらそう説明した。

一日の仕事を終えた津川は、安い弁当を食べながら、いつまでもそのスーツを見つめていた。


ある日のこと。

津川が血を吐いて倒れた。どれほど気持ちが頑張ろうとも、身体には限界が来ていたのだろう。

以前、患った大病が力を増して再発したらしい。

津川は必ず帰ると言い残して病院へ向かったが、結局その言葉が遺言になった。

津川が残していったスーツと靴は、あっという間に盗まれてしまった。

屋根と壁があるだけのオープンスペースであり、何が盗まれても不思議ではないのだが、今まではそういったトラブルがなかった。

殆どの入居者の財産は現金だけだ。津川のように、大切にしている物などない。

そのスーツが亡妻からの贈り物であろうと、夢の象徴だろうと関係ない。

所詮、小銭を稼げる物としか見られない。

犯人は、ほぼ分かっている。倉田という男である。

倉田は、津川にスーツの値段をしつこく訊いていた。加えて何日か前に、手に取ってみているところを目撃されていたのだ。

倉田は普段から素行が荒く、腕っ節にも自信があるようだった。

問い詰めようとした木下さんだが、自分に被害が及ぶと判断し、傍観者を決め込んだ。

どうせ、何処かの店に売り飛ばしに行くだけの話だ。


事が動いたのは、それから三日後のこと。

倉田がビル内のトイレで自殺した。妙なことに、下着だけの姿だ。

スーツに付属していた革のベルトを使って首を吊っていた。

すぐ側に、盗まれたはずの津川のスーツと靴が置いてあった。

スーツは綺麗に畳まれ、靴は磨き上げられていたという。

倉田は、発見される数時間前に、パチンコ屋にいるところを目撃されている。

津川のものらしきスーツと靴を着用していたらしい。

自殺の原因は分からないが、とりあえず倉田の遺体は引き取り手のないまま、無縁仏として処理された。

理由はともあれ、ビル内に警察が入ったのは、かなり不味い事態である。

責任を問われた木下さんは、管理者を外された。

そろそろ足を洗いたいと思っていた矢先の出来事であり、木下さんは素直に受け入れた。

その足で、ビル内にある事務所へ向かう。

持ち出す私物は僅かなものだ。全てバッグに詰め、顔を上げた木下さんは思わず声を上げた。

目の前の壁に、津川のスーツがあったのだ。誰も入ってきていないのは確かだ。

ドアの立て付けが悪く、静かに開けることができないからだ。

恐る恐る近付いて確認する。見間違いではない。御丁寧に靴も置いてある。

そっと触れた瞬間、どうしても今これを着なければならないという思いで、頭が一杯になったという。

顔面を思い切り殴られ、木下さんはようやく我に返った。目の前に森田がいる。

自身は、革のベルトで作った輪の中に首を入れた状態であった。

事務所に森田が入ってこなければ、首を吊っていたのは確実だ。

森田は、自分のポケットマネーから退職金を渡すつもりで来たらしい。

スーツについて事情を話すと、暫く黙り込んでいた森田は、ロッカーから掃除道具を持ち出してきた。

直接触れないようにモップの柄でスーツと靴を引っ掛け、手近にあった段ボール箱に入れた。

「これ、俺が預からしてもらう。今日までお疲れさん、また何かあったら連絡するわ」

そう言って森田は箱を抱えて出ていった。


その後、木下さんは借金を全額返済し、地元に戻って小さな居酒屋を始めた。

何処で知ったか、森田から開店祝いの花が届いた。

御礼を兼ねて近況報告の電話をしたところ、逆に森田から御礼を言われたそうだ。

「あのスーツ、めっちゃ役に立ってるで。おおきにな」

どういう意味かは怖くて訊けなかったという。

彼シャツ

つくね乱蔵

小倉さんが高校生の頃の話である。

当時、小倉さんのクラスに斉藤さんという女の子がいた。

校内でも一、二を争う美少女だ。成績優秀で陸上部でも大活躍、向かうところ敵無しの存在だった。

他校の男子からも交際を求められるほどの人気者だったが、本人には全くその気がない。

外交官を目指しており、恋愛などに時間を使うつもりはないと公言していた。

小倉さんは、自他ともに認める凡人だ。斉藤さんとは育った環境も現状も、比較できないほど異なる。

ところが、何処をどう気に入ったのか、斉藤さんは小倉さんを親友と思っているようだった。

周りから絶賛される斉藤さんも、小倉さんにとっては、ごく普通の感性を持つ少女である。

一緒に漫画を読んだり、好きなタレントの話題で盛り上がったりする。

二人とも、そういった何げない時間を大切にしていた。

高校三年生になり、厄介な出来事が起こった。

斉藤さんに、しつこく言い寄る男が現れたのである。何と、四十過ぎの男だ。

大島というその男は、町中で偶然斉藤さんを見かけて好きになったという。

あろうことか、密かに跡を付けて様々な情報を手に入れていた。

学校も家も知られてしまったらしく、切手を貼っていない封書が、毎日のように自宅に投げ込まれた。

その手紙で大島は、自己紹介と斉藤さんへの思いを切々と訴え、結婚を前提として付き合いたいと望んでいた。

当然、斉藤さんの両親は警察に届け出た。

当時はまだ、ストーカー規制法が成立しておらず、つきまといへの刑罰がない。

住居侵入罪程度しか方法がないと忠告され、両親はその足で法律事務所に向かった。

この判断は正解だった。結果として、大島は社会的な信用を失うのを恐れ、斉藤さんの周りから姿を消したのである。


これで一安心と本人も周りも思っていたのだが、その頃から妙なことが起こり始めた。

斉藤さんの体臭が変わってきたのだ。使い古した油のような臭いである。

若い女性が放つような臭いではない。

日が経つにつれ、その臭いは顕著になってきた。

側にいるだけで漂ってくる。本人にも分かるらしく、斉藤さんは他人との接触を避けるようになってきた。

病院にも行ったのだが、原因が分からない。

とうとう斉藤さんは、学校に来なくなってしまった。

それでも小倉さんは、斉藤さんを見捨てず、部屋まで押しかけた。

部屋の中も独特な臭いが充満していたが、小倉さんは構わずに普段通り時間を過ごした。

そうこうしているうちに、ふと気付いたことがあった。

この臭いって、男性の加齢臭ではないだろうか。

帰宅した父親が脱ぎ捨てたワイシャツから、同じような臭いがしていたのを思い出したのだという。

そうなると、いよいよ訳が分からなくなる。

年頃の娘が加齢臭を放つ訳がない。

いろいろな可能性を考えていた小倉さんは、ふと思い付いた。

「これって、あの大島って奴が何かしてたりして」

何げない一言に、何故か斉藤さんの顔色が変わった。

そうかもしれないと斉藤さんは話し始めた。


見知らぬ中年男が夢に出てくる。その男は優しげな笑顔で近付いてきて、白い布を渡してくる。

これを着て寝れば、日頃の疲れが吹き飛んでしまうと教えてくれる。

手に取って広げてみると、男物のワイシャツだ。

袖を通す。男が言う通り、とても安らげる。なんて優しい服だ。これはいい。

「どうしよう、あの夢ってそいつが見せてるのかな」

涙を零しながら震える斉藤さんをそのままにはしておけない。

小倉さんは家に電話し、友達の所に泊まるからと告げた。

「ほら、朝まで一緒だから。大丈夫だよ」

斉藤さんは、泣きながら何度も頷《うなず》いた。

クラスの男子の品定めから始まったおしゃべりは、志望校から将来の夢にまで広がり、やがて真夜中になった。

小倉さんはシャツ一枚になってベッドに横になった。

斉藤さんは、クローゼットを開け、何やら引っ張り出してきた。

見ると、白い男物のワイシャツだ。出してきただけで、室内に激臭が漂った。

ここ最近の斉藤さんをもっと濃くした臭いだ。

斉藤さんは、そのシャツを愛おしそうに頬ずりし、袖を通した。

うっとりとした顔でベッドに横になる。

小倉さんは斉藤さんの肩を揺すりながら、必死になって声を掛けた。

斉藤さんは全く反応しない。

恍惚《こうこつ》とした表情で、吐息混じりに言った。

「大島さん、好き。もっと抱きしめて」

脱がそうとしたが、腕を組んでおり、どうにもならない。

臭いは息ができないほど濃くなってきた。

「大島さん、大島さん」

斉藤さんがそう呼び掛けるたび、ワイシャツがピクピクと動く。

それにつれて男の笑い声も聞こえてきた。

そこまでが限界だった。小倉さんは急いで服を着て、部屋から飛び出した。

斉藤さんの両親に事情を話す余裕もなく、家から逃げた。

自分の身体にも、あの臭いが染みついている気がする。

二時間掛けて自宅に戻り、風呂に入って何度も髪と身体を洗った。

着ていた服は全て捨てたという。

小倉さんが逃げ出したのが、相当ショックだったのだろう。

斉藤さんは学校に来なくなった。連絡を取ろうとしても反応がない。

訪ねて謝るべきだ、あの夜のことを教えてあげなければと思うのだが、どうしても足が向かない。

結局、何もできないまま小倉さんは高校を卒業し、大学生になった。

斉藤さんの噂は全く入ってこない。
今でも家はあるが、人が住んでいるようには見えないという。

腹黒い帯

つくね乱蔵

陽子さんの一日は、父の排泄介助から始まる。

父が一人でトイレに行けなくなってから、それまでの生活は激変した。

夜間にトイレに行く頻度が多くなり、その都度起きなければならない。

元々、陽子さんは眠りが浅く、一度起きるとそのまま朝を迎えることもある。

間に合わずに失禁されたときは、後処理の時間が追加される。

睡眠不足のまま、日常の家事をこなすしかない。デイサービスに預けている間には、短時間のバイトが待っている。夜間の空いている時間は内職に充てた。

僅かな稼ぎだが、父の年金と合わせれば何とか暮らしていけた。

五年前に母は亡くなっている。妹の珠美は嫁ぎ先から戻ってこない。

現状は把握しているはずだが、電話の一本もない。

到底、一人では対応できないのだが、陽子さんは頑張り続けた。

自分が頑張れば、父は自宅で暮らしていけるのだ。

その思いだけで歯を食いしばって生きていた。

去年の中頃、その頑張りを根底から揺さぶる事態が発生した。

父の認知症が進み、些細なことで暴力を振るうようになったのだ。

会話はできている。徘徊をすることもない。

だが、不安や恐れなどの感情のコントロールが上手く行かず、一旦暴走してしまうと、ちょっとやそっとでは収まらない。

何とか落ち着かせようとすればするほど、逆上してしまう。

生傷が絶えない日々は、陽子さんの心を壊し始めた。

せめて半日だけでも、邪魔されずにゆっくりと眠りたい。それだけでいい。

その思いを珠美に伝えたところ、漸《ようや》く返事が戻ってきた。


お姉ちゃん、喜んで。私赤ちゃんができたの。今がとても大切なときなので、そちらには行けません。ごめんね、身体に気を付けて頑張ってね、お姉ちゃんなら大丈夫だよ！


黙読した後、陽子さんは声に出して読み上げた。

「お姉ちゃん、喜んで。私赤ちゃんができたの」

私は朝から晩まで一日中、父親の排泄物に塗れている。

ろくに眠れもせず、食事も切り詰め、笑い方も忘れた。

愛する人とともに暮らし、その人の子供を産み、ささやかな幸せを噛みしめるなんて、想像もできない。

私は、もう人間ですらない。

それなのにこいつは、この糞餓鬼は、結婚して母親になって何一つ苦労もせずに、人生を謳歌《おうか》してやがる。

いつの間にか、陽子さんは声を上げて泣いていた。

父親が腹が減ったと怒鳴り始めたので、泣きながら向かった。

父親は認知症だが、意思の疎通も会話も可能だ。

元々、優しい人である。心配そうな顔つきに変わり、どうしたのか訊ねてきた。

陽子さんは、ゆっくりと自分の気持ちを語った。理解できるはずはないと諦めていたが、誰かに聞いてもらえるだけで良かったのだという。

私は五年間、あなたの介護を続けている。この先もあなたが死ぬまで続く。それは仕方ない。何もかも諦めた。珠美は、私が諦めた全部を持っている。憎い。憎くて堪らない。お願いだから早く死んでください。死んで珠美に取り憑いて不幸にしてください。

「父親ならそのぐらいできるだろ、やれよ！」

そう叫んで食器を投げつけ、陽子さんは自室に戻った。


半時間ほど経ってから、部屋の外に父親が立った。

静かな声で語りかけてくる。

父親は、すまないと詫び、陽子さんに願い事をした。

珠美に贈りたいから腹帯を買ってきてほしいという。

気持ちを逆撫でされ、陽子さんはドアを開けて睨み付けた。

父親は今まで見せたことがないような悲痛な顔で、こう付け加えた。

「その腹帯に俺が命掛けで呪いを掛ける。それで許してくれ」

陽子さんは、その言葉に乗ってしまった。そんな馬鹿なことができるとは思えなかったが、逆らうのも面倒だった。

命を掛けて早く死んでくれたらラッキーだし、それで珠美が不幸になったら万々歳だ。

どうせ私は人間じゃないんだから、何が起ころうと知ったことではない。

陽子さんは、いそいそと腹帯を買ってきて父親に渡した。

その日から父親は、預かった腹帯を片時も欠かさず抱きしめたまま過ごした。

みるみるうちに痩せていくのが分かったが、陽子さんは止めようとしなかった。

十日後、父親は陽子さんを呼び寄せた。

「まだ珠美を恨んでいるなら、これを渡してきなさい」

痩せ細った手が震えている。腹帯を受け取った瞬間、電流が走った。

ああなるほど、これは本当に使える奴だ。

確信した陽子さんは、何年かぶりに笑顔を取り戻し、その足で珠美の家に向かった。

突然の来訪に珠美は心底驚いた様子だったが、腹帯を贈ると涙を流して喜んだ。

ゆっくりしていってほしいとの誘いを断り、陽子さんは笑いながら帰宅した。

笑っているのに涙が次から次へとこぼれ落ちたという。

それから数日後、父親は枯れ葉が落ちるように静かに亡くなった。

珠美には知らせず、陽子さんは自分だけで葬儀を行った。


半年が過ぎ、珠美は女の子を出産した。

不幸にも様々な異常が認められ、退院するまで半年を要した。

自宅に戻ってからも、寝たきりの生活が続いている。

珠美は生活の全てを娘の介護に費やしている。かつての穏やかで平和な日々は粉々に壊れてしまったようだ。

ついこの間、珠美から連絡が届いた。少しの間で構わないので、手伝ってもらえないだろうかと記されてある。

陽子さんは、綺麗な便箋で返事の手紙を書いた。

お姉ちゃんは、今がとても大切なときなので、そちらには行けません。

ごめんね、身体に気を付けて頑張ってね、珠美なら大丈夫だよ！

糸

ねこや堂

人形遊びは子供のものと思われがちだが、昨今は事情が大分変化している。

「ドール」と呼ばれる球体関節人形は顔つきも結構リアルで、美麗に作られているものが多い。着せている服もそれなりに手が込んでいる。それに掛かる費用は子供が手の出せない金額であることも多々あり、愛好者の殆どが大人だろう理由の一つ。

貴美子もまた、そんなドールを愛好する一人だった。

子供達が成人し、それぞれ独立して手が離れたのを期に、貴美子はレース編みでドール服を作り始めた。

元々編み物が得意だったのもあって、初めは自分が持っているドールに服を作ってやろうと思い立ったのがきっかけだ。それが同じドール愛好家の知人に意外に好評で、そのうち頼まれて編むようになった。ネットで知り合った同好の士である趣味仲間に請われるまま作っているうちに、手芸イベントで販売するほどになった。

「知人がお店を畳むんだけど、レース糸引き取らない？」

そんな感じで縁が広がったせいか、そう声を掛けられることもしばしばあった。趣味をやめてしまったり、増え過ぎた糸の処分に困っていたり。その理由は様々だ。だが、廃盤になってもう手に入らないものなども、多々あったりする。そんな期待も込めて貴美子は喜んで二つ返事で引き取った。

「処分するけど要るものがあったら持っていって」

中にはそう言って理由は明らかにしなかったものの、実は遺品処分の一環だったらしきこともなきにしもあらずで。

だから——その糸が何処から引き取ったものなのか、はっきり覚えていない。

衣装ケースに色や糸の細さできっちり分けてあったそれを貰い受けたのは半年前だった。

布もそうだが、昔の染料は色落ちするので、糸を一度洗ってから巻き直して使う人も多い。

古い糸などは特にそうだ。濃くて暗めの色ばかりであったから、この糸もそういう処理をしているのかもしれないと、それほど気にすることもなく使い始めて間もなく。

ドール服をよく買ってくれていた常連からの注文が、ぱたりと途絶えた。一人二人ならそういうこともあるだろうと余り気にしないが、流石に十人以上ともなると訝《いぶか》しく思う。何か悪い噂でも流されているのじゃなかろうか。

幸い、ドール小物を作っている仲間に相談したところ、訊いてみてくれるという。ともかく、事の詳細が知れるまでは貴美子にできることはない。相談できたことで多少ホッとしたのもあってか、そのことはそのまま忘れていた。

「お袋さぁ……これ、何の臭い？」

数日後、久々に顔を覗かせた長男が家へ入るなり眉間に皺《しわ》を寄せた。息子達は普段使わないものや借りている部屋のスペースを圧迫するようなものを、まだ実家に置きっ放しにしている。

時折こうやって必要なものを取りに来るのだ。

「臭い？　何が？」

貴美子には何も感じられない。

「何か、人の……汗っていうか……脂の臭い、みたいな」

「え？　そんな臭いする？」

思わず訊き返す。換気のため窓を開け放ったが、それでもまだ臭うらしい。

「ここ。ここから臭いがする」

長男は臭いの元を探し、レース糸の収納場所である押し入れを指差した。そして何を想像したのか、恐る恐る窺《うかが》うように喜美子のほうを見る。

「人が出てきたり……しないよな？」

「しないわよ、やぁね！　ここにはレース糸と手芸用品しか入ってないんだから」

そう言いながら押し入れを開けて見せる。

「うわっ」

途端に長男は顔を顰《しか》めた。

「やっぱここだよ。うぅ、くっさ。お袋、ホント平気なの？」

そんな嫌そうな顔をされても、臭いが分からない貴美子は困惑するばかりだ。

「これ！　これだよ臭いがするの！」

長男が指し示したのは、先日貰い受けた糸がしまってある衣装ケースだ。

「捨てたほうがいいよそれ。よく親父が何も言わないね」

夫も鼻に皺を寄せている様子を見れば、嘘や冗談でも気の所為でもなさそうである。だが、何も言わないし普通に生活している。何とも腑《ふ》に落ちないが、そんなに臭うのならもう一度洗おうか。しないよりはいいだろう。そう思案した。

そんな折、別の常連客の訃報を知った。偶然だ。事態をそれほど重く考えていなかった貴美子は、きっと他の常連が買わなくなった時期に重なっただけだろう、ぐらいにしか思わなかった。件のレース糸は日当たりの良い廊下に並べて虫干しした。念の為臭いを確認してもらったが、夫は全然平気なようだった。

「うわ、臭ぇ！」

玄関から大きな声がした。

「母さん、何これ！　何かしてんの？」

急いで行ってみると、玄関扉に手を掛けたまま盛大に顔を顰めている次男がいた。友人の結婚式に着る礼服を取りに来たらしい。

「貰い物のレース糸が臭うみたい。ごめんね、今度洗うわ」

「くっさぁ……」

鼻を手で覆い、次男は逃げるように出ていく。その背中を見送りながら胸の奥からじわりと滲む言い知れぬ不安。

そうだ、こういうときは編み物に限る。手を動かしていれば無心になれるから。女の子用の少し手の込んだキャミソールワンピースを編もう。春だから、明るめの色が良い。そうと決めたら糸を選ばなきゃ。

頭の中で出来上がりを想像しながら押し入れを開けた。つい目を眇《すが》める。

「やだわ、老眼のせい？　暗いわね」

押し入れの中、上部だけが妙に暗く感じる。数回目を瞬かせた後、思案する。

明るい色調の糸が入れてあるケースは奥のほうだ。キャミソールワンピースだから使うのはなるべく細い糸が良い。押し入れへ半ば上半身を突っ込んで糸を取り出した。

「ふう。これにしましょ」

殊更そう口に出して呟き押し入れの戸を閉めて踵を返す。手元が見やすいよう、編み物をするのは明るいリビングが定位置だ。

どくどくと、耳元で激しく脈打つ鼓動が響く。玄関を通り過ぎればリビングの扉はすぐそこだ。けれども、足は玄関の框《かまち》を超えて土間のサンダルを引っ掛けた。衝動のまま外へ飛び出す。

ああ、何でスマートフォンを握ってこなかったんだろう。両手で口を押さえ、その場へしゃがみ込む。レース糸が地面へ転がり落ちた。

押し入れの中は光源が届かなくて暗かったのではなかった。

天井から長く垂れていた、天蓋のような黒い何か。

あれは――髪、ではなかったか。

レース糸を取って押し入れから乗り出していた上半身を引いたとき、フッと僅かな温度と湿度を伴って頬に掛かったのは、――吐息だったのではなかったか。

貴美子は結構几帳面《きちょうめん》で、レース糸も手芸道具もケースに入れてきっちり収納している。押し入れに人が入れるような余地は何処にもないのだ。

夫が帰宅するまでの数時間、外でまんじりともせず待った。家の中に一人でいることなどできなかった。

帰宅した夫に頼んで、例のレース糸が入ったケースを外に運び出してもらった。そのまま燃やしてほしいと懇願すると、難しい顔をする。消防法の関係で今は庭でゴミ焼却が厳しくなっているからだ。苦肉の策で庭にバーベキューコンロを出し、糸を燃やした。

そうして漸く家の中に入ったが、何となく落ち着かない。夕飯を作りながら意味もなくうろうろする。編み物籠に躓《つまず》いた。

「やだもう……」

溜め息を吐きながら籠を拾い上げる。散らばった中身を籠へ戻そうとしてそこに転がっているものに息を飲んだ。あのレース糸で編んだ、ドールサイズのカーディガンだ。

「どうしてそうしたのか」と問われると今でも「分からない」としか答えられない。

気付けば、編み上がっていたカーディガンに糸切り鋏を入れていた。

パラパラ落ちる糸を何とはなしに眺める。やけに目が惹きつけられるとともに覚える違和感。レース糸がこんなふうに不揃いな細さで撚《よ》られているものだろうか。一本だけ他の糸と質感が違う細い糸が混ざっているのが見える。中から何か黒い粉も出てきた。

よく見るためにティッシュの上に広げ、老眼鏡を掛けて目を凝らす。

「お父さん！　お父さん！」

叫びながら玄関へ走った。今度はしっかりウォーキング用の靴を履く。

「何？　どうしたの？」

「テーブルの、ティッシュの上のゴミ、捨ててきて！　今すぐ！　そこの土手から、川に！」

撚り合わされた一本だけ細い糸。あれは——髪の毛だ。黒い粉は、乾燥して固まった血液が剥がれたときによく似ていた。

それ以来、よく知らない人から物を貰うのはやめた。

以前連絡が付かなくなった常連客に話を聞いてくれると言っていた、ドール小物を作っていた知人に連絡を取ろうとした。電話に出たのは彼女の娘だった。

入院しているという。突然自身の両目を箸で突いたのだと。どうしてそんなことをしたのか分からないと、彼女の娘は泣いていた。詳しいことは何も聞けなかった。

それっきり、彼女からの連絡はない。

この話を聞いてから貴美子は家にあったレース糸を全て処分した。もうかぎ針を持つことは二度とない。まだ何かありそうで怖くて仕方ないから。

お召し替え

蛙坂須美

裕太さんが大学生の頃というからもう二十年程前の話。

その当時、裕太さんはKという友人の家によく顔を出していた。

Kの部屋は大学近くに建つ築五十何年のおんぼろアパート。汚いし便所も共同だったが、そもそも住んでいるのがKともう一人、耳の遠い老婆だけだった。そんな訳でどれだけ騒いでもクレームが入る心配がなく、友人達の格好の溜まり場になっていたのである。

その老婆は些か認知症の気味もあるらしかった。

裕太さんは一度、アパートの裏手に老婆がしゃがみ込んでいるのを見かけたことがある。気分でも悪いのかと近付いたところ、趣味の悪い花柄のワンピースの裾をたくし上げ、歳の割に妙に張りのある尻を丸出しにしていたので驚愕した。

便所サンダルを履いたその足元、真夏の熱されたアスファルトの地面にはちょろちょろと音を立てて黒い水が広がっていき、裕太さんは慌てて視線を逸らしたが、老婆は彼に目もくれなかった。

Kにその話をすると、

「あの婆さん、いつもあそこで小便してるんだよ」

特に気にしている様子もなく、そんなことを言ったのだという。

そんなある日、裕太さんは例によってKの家で過ごしていた。

同じ大学のボンクラ連中も集まって、酒盛りをしながら誰かがレンタルしてきたアダルトDVDを鑑賞していたのだが、そのうちに室内に立ち籠めるアルコールと煙草、男達の汗の臭いに裕太さんは気分が悪くなってきた。

「俺、ちょっと外で風に当たってくるわ」

言い置いて部屋を出た。アパートのすぐ目の前にある自動販売機で買った冷たいお茶を飲み、一息吐く。

煙草に火を点け、何の気なしにアパートの周囲をふらつき出した。

と、建物裏側の道に人影が立っているのを認めた。

りゅうとした着物姿の老婆だった。

こんなところで一体何を？　と不審に思い距離を詰めた。

が、老婆のほうでは裕太さんに気付く気配もない。ただ茫然とその場に立ち尽くし、眼前の煉瓦塀を見つめている。

角度が悪いため顔までは窺えない。

けれど、背格好に見覚えがあった。

あっ、と裕太さんは足を止めた。

あれ、この間、小便してた婆さんだ。

きっとそうだ。以前見たのとは、余りにかけ離れた格好だけれども。

ぷん、と異臭が鼻を衝《つ》いた。薄暗がりのためよく分からないが、老婆の着物の前がじわじわと濡れていくようだった。

うわっ、と思った瞬間、老婆の首がぐりんと裕太さんのほうを向いた。

ドーランを塗りたくったような顔には、目と鼻がなかった。紅を引いた唇が三日月を倒した形に歪み、ボロボロに抜け欠けした茶色い歯が覗いた。

首だけをこちらに固定したまま、老婆はズリズリと蟹歩きでこちらに近付いてきた。

裕太さんは悲鳴を上げて踵を返し、Kの部屋に駆け戻る。そうして友人達に今目撃したもののことを語って聞かせたものの、部屋の持ち主であるKはニヤニヤと薄笑いを浮かべるばかり。

「お前、趣味の悪い冗談はやめろって。あの婆さん、もう死んでるんだから……」

とそこまで言った途端、玄関のほうから、バシッ！　と何か重たいものを叩きつけるような音がして、一同は腰を抜かすほど驚いた。

恐る恐る扉を開けてみると、そこにはぐっしょりと濡れた小豆色の着物が打ち棄てられていた。

濃密な尿臭が廊下に満ちていた。

Kの話によると、件の老婆は数週間前に自室で変死していた。

いつもはみすぼらしい格好で近所を彷徨《うろつ》いていたのに、部屋には無数の着物が乱雑に山積しており、そのどれもが相当に高額なものだったとのこと。

小便臭い着物はKが足で廊下の隅に除け、そのままに放置していたが、いつの間にか消えて失くなっていたらしい。

「大方、その辺の浮浪者が持っていったんだろ」

と語っていたKは大学卒業までそのアパートに住み続け、その後は評判の良くない金融会社に入社、着々と出世を続けている。

アパートは、今はもうない。

帽子とトレンチコートとあいつ

蛙坂須美

タクシー運転手の英夫さんは、一度だけ理屈に合わない体験をしたことがあるという。

それは現在の仕事を始めたばかりの頃のことで、みぞれの降る寒い晩のことだった。

長距離客を無事送り届け、ぼちぼち会社に戻ろうかと思っていた。

最前の客のおかげで今日一日の上がりは十分満たしていたし、南国生まれの英夫さんは人一倍寒さに弱い。

表示灯を「回送」に切り替え、欠伸《あくび》を噛み殺しながら人気のない郊外の道を走っていた。

と、ヘッドライトの明かりが前方十メートルばかり先に佇《たたず》む人影を照らし出した。

外見からして、男らしい。ハードボイルド物の映画に出てくる探偵のようなトレンチコートに、時代錯誤の中折れ帽をかぶっている。

正直、怪しいなと思った。

本当なら乗車拒否をしたいところだ。けれどこんな見通しの良い一本道では、暗夜といえど社名もナンバーもばっちり見られてしまうだろう。

——後々、クレームでも入れられたら面倒だな。

英夫さんは渋々、男の傍に車を停めた。

「四谷まで」

乗り込んできた男は陰気にそう呟くと、シートに身を沈めた。

バックミラー越しに窺ったものの、目深にかぶった帽子のせいで顔がよく見えない。不安である。とはいえ四谷なら会社からもそう遠くないから、良客であるには違いない。

男は風邪でも引いているのか、痰《たん》絡みの嫌な咳を繰り返した。

「暖房、少し強めましょうか？」

気を遣ってそう声を掛けるが、男からは一言もない。心持ち顔を俯《うつむ》かせながら、身じろぎもせずに座っている。相変わらず表情は窺えない。それだというのに英夫さんは、男がこちらを凝視しているように思えて落ち着かなかった。

四谷までは約一時間の道のりだった。

男はその間、一度も口を開くことがなく、ただ凝然と同じ姿勢で後部座席に腰掛け、ゲボゲボと耳に残る咳をし続けた。

時刻が午前零時になんなんとする頃、漸く四谷三丁目の交差点が見えてきた。

その頃には英夫さんは、背後から感じる無言の圧のせいで酷く疲弊していたという。

「お客さん、もう四谷ですけど、車どの辺りに……」

言いながらバックミラーを見て、血の気が引いた。

男の姿がない。

一つ前の信号で停車したときには、確かにいたのだ。この一瞬でドアを開け外に出ることはまず不可能で、そんなことをすれば気付かないはずはない。

慌てて路肩に車を寄せ後部座席を確認したところ、先ほどまで男の座っていた場所にはトレンチコートと中折れ帽が無造作に脱ぎ捨てられており、恐る恐る手を触れたそれは今しもみぞれの降りしきる車外に放置されてでもいたように冷たく、ぐっしょりと濡れていた。

タクシー幽霊の話は英夫さんとて知らないでもない。

けれど目の前にある衣服はあの男が確かに存在していたことの証左に他ならない。帽子とコートだけが独りでに動いてタクシーに乗り、四谷行きを指示するなんてことはないに決まっている。

考えれば考えるほど頭がくらくらしてくる。

英夫さんはビルとビルの隙間に帽子とコートを投げ捨てると、急ぎその場を立ち去った。

その日の朝、英夫さんの元に学生時代の旧友から電話があった。

それは長らく闘病生活を送っていた共通の友人が昨晩遅くに亡くなったとの連絡で、告別式への参加可否を訊ねるものだったそうだ。

死んだ友人とは二十年近く顔も合わせておらず、英夫さんにしてみれば全くの寝耳に水である。

死因は肺癌と聞かされて、英夫さんは思わず叫び出しそうになった。

電話を終えると、すぐに昔のアルバムを引っ張り出してきた。そうして目当ての写真を見つけ出した英夫さんは、暫くそれから目を離すことができなかったという。

写真の中の友人は、つい数時間前に車中で不可解な消失を遂げたあの男とそっくり同じトレンチコートと中折れ帽を身につけていた。

それは学生時代、演劇部の花形だった友人が主演した舞台のワンシーンを収めた一枚だったのだ。

思い返せば、その頃、友人は四谷のボロアパートに住んでいた。当時はよくそこで酒を飲みながらの駄話に興じたものである。

するとあいつは、と英夫さんは思う、

――わざわざ俺に、別れの挨拶をしにきた訳なのか？

そうではあるまい、という気がした。

何故なら英夫さんは、過去に女性関係でその友人に大きな不義理を仕出かし、それが原因で二人は完全な絶縁状態にあったからである。

告別式には出席せず、写真はアルバムごと捨ててしまった。

アーバンシティ

ホームタウン

【管理人室】


アーバンシティは七〇年代の終わりに都心に建てられた九階建てのマンションで、エントランスには朝七時から夕方六時まで常駐の管理人室がある。

室井《むろい》さんがそこの管理人になったのは、八〇年代半ば——定年退職後のセカンドキャリアだった。


働き始めて数カ月経った春先に「深夜にゴミ捨て場から大きな物音がする」と、入居者から数件苦情があり、オーナーに報告をすると、「野良犬か野良猫なら良いが浮浪者だったら面倒なので、出来たら一度深夜に様子を見て欲しい」と言われた。

マンション屋外の裏口に続く通路の手前にゴミ捨て場はあり、裏口の扉は収集業者用に施錠もされていないため、浮浪者が入り込もうと思えば簡単だった。

宿直時の店屋物と深夜手当も弾むと言われて、室井さんは渋々、その日夜中まで残ることにした。

深夜二時、管理人室で映りの悪い小さなテレビを観ていると、鉄の扉を叩くような大きな音がゴミ捨て場から聞こえた。

懐中電灯を片手に郵便受けが並ぶエントランス通路の先にある、ゴミ捨て場へ向かう。

恐る恐る小豆《あずき》色の鉄の扉越しに耳を澄ましてみるが、特に物音はしない。

そっと扉を開けると、蓋の閉まった青い大きなポリバケツが並んでいるだけで、特に異変はなさそうだ――念のため裏口に続く屋外通路も見てみたが静かなものだった。

気のせいだったか――と、ゴミ捨て場からエントランスに戻ると、「ドンッ」と鉄の扉を叩くような大きな音に体が固まった。

それはゴミ捨て場の真横にある、地下ボイラー室の扉から鳴ったようだった。

扉は常時施錠されており、鍵は管理人室にある。

もしかするとボイラーの故障かな――そう思った室井さんは管理人室で鍵を取ると、ボイラー室の扉を開けた。

エントランスの灯りが真っ暗な地下に向かってのびる階段を照らす――その階段の途中に、パジャマ姿の男の子が寝ぼけ眼《まなこ》で立っていた。

室井さんは驚きの余り思わず叫んでしまった――が、すぐにその男の子に見覚えがあることに気がついた。

五〇六号室に住んでいる迫田《さこた》さんの家の子供だ。

「ぼく、ここでなにしてるの？」

声をかけたが半分寝ているのか、むにゃむにゃ言うだけで要領を得ないので、とりあえず子供を五〇六号室に送り届けることにした。

インターフォンを鳴らすと暫くして寝ぐせ髪の迫田さんが不審そうに顔を出したが、傍らに子供が居るのを見て大層驚いていた。

室井さんはありのまま事情を説明して管理人室へ戻ったそうだ。

迫田家はその年の秋に、アーバンシティを退去した。


【五〇六号室】


迫田さんは次男が生まれたのを機に、出来たばかりのアーバンシティに入居した。

部屋は五階のエレベーターホールを出て、左手に真っ直ぐ進んだ先の正面にある角部屋、五〇六号室。

2LDKの間取りは幼い二人の子供と夫婦の家族四人で住むには、十分な広さだった。


長男が九歳になった頃のこと。

迫田さんは帰宅時に突然、普段は何の変哲もないエレベーターホールから部屋へと続く通路が、無性に気味悪く感じた。

気配なのか、誰かに見られているような感覚――それが一週間ほど続いたある夜、玄関横のガスメーターの小さな扉から、その気配が漂っているような気がした。

どうしても気になってボタン式の取っ手を引くと、ガランとしたコンクリートの空間にはガスメーターが一つ――と、その下に子供用の蛍光色のスニーカーが片方だけ置いてあった。

うちの子のかな――そう思った迫田さんはスニーカーを拾うと、玄関で出迎えた奥さんにそれを見せた。

「これ、外のガスメーターのとこにあったんだけど」

「え、それ――」

奥さんが怪訝な顔で下駄箱から出したのは、もう片一方のスニーカーだった。

聞けば二週間ほど前の放課後に長男の誕生日会を家で開いた際、十人近くの友達がお祝いに来てくれたのだが、皆が帰ったあと玄関を見ると、片方だけのスニーカーがあった。

靴を片方だけ忘れて帰るなんて、随分とおっちょこちょいな子だなと思いながら長男に確認させたが、翌日学校で皆に尋ねても誰も靴など忘れていないというのだ。

「多分、あの子だと思うのよ――」

奥さんが言うには、会の最中もずっとただ静かに座っている子が居て、気がついたらいつの間にか帰っていたらしい。

その子が着ていた黄色いTシャツのロゴと、スニーカーのロゴが同じなのだという。

「そしたらその子、靴を履かずに帰ったってこと？」

どちらにしてもちょっと気色の悪い話だなと思った迫田さんは、スニーカーを下駄箱の隅にしまった。

【屋上】


純一くんには、純次という二つ年下の弟がいる。

二人が住んでいるマンション——アーバンシティの屋上には洗濯物を干せるよう物干し場があり、そこは安全のため大きな籠状の金網柵で覆われていて、柵の外側は二メートル幅のスペースと、その周りを高さ五十センチのモルタルの縁がぐるりと囲んでいた。

もちろん母親にバレたら怒られるのだが、二人は秘密基地のようなその物干し場で都会の喧騒を効果音に、絵を描いたりラジコンを走らせたりしてたまに遊んでいた。


純一くんが小学四年生だった、初夏のある日。

「おにいちゃん、屋上に神社あるの知ってる？」

と、純次が聞いてきた。

「屋上に？　神社なんかないだろ？」

そう答えたが純次は「神社がある」と譲らないので、一緒に見に行くことになった。

屋上へ出るにはエレベーターで九階まで上り、そこから非常口の階段を使う。

階段を上った先には、閂《かんぬき》型フックの付いた金網柵の扉。

純次は扉を開けると駆け足で物干し場の奥の方に進み、柵の外側——モルタルの縁の辺りを指さしている。

「アレ！　アレだよ！」

見ると純次の指さしている縁の辺りには木で出来た赤いミニ鳥居が幾つか乱雑に貼られていて、その真ん中にサランラップのようなものに巻かれた縦長の何かがあった。

長い間そこに貼られて雨ざらしになっていたのか、どれも薄汚れていて、縦長のそれは父親が毎年お正月に神社で貰ってくるお札のようにも見えたが、一体何なのかは皆目見当がつかなかった。

ただ、そもそも——あんなもの、前から貼ってあったっけ？

疑問に思い純次に聞こうと振り返ると、物干し場の柵の中には自分以外誰もいなかった。

あれ？

あいつどこ行った？

階段の方にもおらず、物干し場に戻った純一くんは、驚いて足が竦んでしまった。

純次が柵の外側、鳥居が貼ってある縁のそばに立っているのだ。

「お前——そこ、どうやって行った？」

純次は「わからない」とだけ答えるとぼーっとした様子で、そこからは何を言っても聞こえていないのか、ただ鳥居の辺りをじっと見つめている。

純一くんは仕方なく怒られること覚悟で——階段を五階まで駆け下り、エレベーターホール左手の通路突き当たり——自宅に母親を呼びに行った。

母親を連れて屋上に戻ると、純次は鳥居の前に倒れていた。

その後、管理人さんなどの手を借りて、なんとか柵の向こうから戻ってきた。

夜中にボイラー室で見つかった時も――。

屋上で柵の向こうに立っていた時も――。

純次はあの、持ち主不明だった蛍光色のスニーカーを履いていた。

この騒動の後、母親はスニーカーを捨て、屋上の扉には南京錠がかけられた。

それから暫く経った、晩夏のある日。

迫田家のリビングに入居時から敷いてあるカーペットが、原因不明の水浸しになった。

管理会社を呼んで調べてもらった所、部屋に備え付けだった床置き型エアコンの排水管が床下にあり、それが詰まって排水が溢れているとのことだった。

業者に修理を頼んだのだが、詰まりの原因は排水管にねじ込むように入っていた子供用の黄色いTシャツだったそうだ。

迫田家はその後直ぐに、アーバンシティを退去した。

眼鏡の件

ホームタウン

　今から四十年程前、梅津さんが高校の卒業旅行で友達とN県のスキー場近くにある民宿に泊まった時の話だ。

　スキーハイシーズンに同級生三人がバイト代を出し合って泊まれるのは、年季の入ったその民宿一軒しかなかったのだが、一泊二食付きでスキー場からも近く、寧《むし》ろ申し分なかった。

　三人は始発の特急でN県へ向かうと、昼過ぎにはスキー場のロッカーに荷物を入れてリフトに飛び乗った――そのまま堪えきれない空腹感を覚えるまでスキーを滑り、夕方に漸く民宿へと向かった。

　二階建ての民宿は親しみやすいお母さんが一人で営業しており、一階に食堂とお風呂、二階は全て客室――ハイシーズンだというのに案内された部屋の隣は空いているようで、寂れた印象は拭えなかったが、思っていたよりも快適そうだった。

　食堂でお母さん手作りの夕飯をご馳走になり、一旦部屋に戻ると友達二人が、

「なあ、途中に酒とタバコ売ってる店あったよな。俺たち買い出しに行ってくるから、何か欲しいものあったら一緒に買ってくるよ」

　そう笑顔で買い出しに出かけたので、梅津さんは炬燵に入りチャンネル数の少ないテレビを観ながら留守番を――と、次の瞬間「おい、おい！」という声とともに、体に激しい揺れを感

じて目が覚めた。

見ると、呆れ顔で自分を見下ろす友達二人が、足で乱暴に梅津さんの体を揺すっている。

どうやら満腹で炬燵に入った途端睡魔に襲われ、寝落ちしてしまったらしい。

「――ごめん、寝ちゃってた」

「お前全然起きないから大変だったんだぞ」

二人は鍵を持たずに買い出しに出てしまったため、インキーで締め出されていたらしい。

「本当ごめん。お母さんにスペアキー借りたの？」

すると二人は顔を見合わせ、苦笑いで部屋に戻ってきた経緯を教えてくれた――。


お酒とタバコとお菓子を買い込んだ二人が部屋に戻ると、鍵が掛かっていたのでドアをノックした――が、全く反応が無く、また余り大きな声を出す訳にもいかなかったので、途方に暮れて食堂へ向かった。

食堂ではお母さんがちょうど夕飯の片付けをしていたので、部屋に鍵を忘れて締め出されてしまったことを申し訳なく伝えると、

「あら、それは困ったわね。うちスペアキーがないのよ――」

と、暫く思案した後、

「そしたらついてきて」

そう言って自分たちの部屋の、隣の部屋に連れて行かれた。

二人は空いている部屋を使わせてもらえると思って安堵したが――違った。

「この部屋今日は使ってないんだけど、押し入れの天井板を外すと隣の部屋の押し入れと繫がってて、そこから隣の部屋に戻れるから――」

そう言いながら、お母さんは部屋の鍵を開けた。

部屋の中は埃っぽく、カビ臭かった。

お母さんの指示通り、押し入れの天井板を外すと真っ暗な天井裏をつたって、押し入れから自分たちの部屋に戻った――。


「だから、すげー大変だったんだぞ」

梅津さんは思わず笑ってしまった。

「なに笑ってんだよ！」

二人は梅津さんを足で小突きながら、また顔を見合わせる。

「でもさ――なんか、隣の部屋ちょっと気持ち悪かったよな」

聞けば、「今日は使ってない」とお母さんは言っていたが、そもそもその部屋は使われていない感じがしたのと、押し入れから自分たちの部屋に戻る際、窓際に人影が見えた気がしたと言うのだ。

梅津さんはまた笑ってしまい、二人もつられて笑った。

三人は気を取り直して買ってきたお酒を飲みながらお菓子をつまみに、高校生活の思い出話に花を咲かせ、吸い慣れないタバコを燻らせた。

深夜一時をまわった頃、だいぶ出来上がった友達二人は梅津さんに、隣の部屋に行ってこいと言い出した。

「お前だけ行ってないのはおかしいだろ、押し入れから隣の部屋行ってこいよ！」

そう笑いながら、梅津さんを押し入れに無理やり押し込んだ。

梅津さんは酔った勢いも相まって押し入れの天井板を外すと、仕方なしに真っ暗な天井裏をつたって隣の部屋の押し入れに出た。

隣の部屋は確かに埃っぽく、カビ臭い気がした。

そして、この部屋は確かに使われていないのだろうなと思った。

窓にカーテンが掛かっていなかったからだ。

恐る恐る部屋に入ると窓際に近付いて辺りを窺いながら少し留まってみたが、特に何も起こらなかった——が、その部屋の中央にあるテーブルの上に、金縁の眼鏡を見つけた。

一昔前に流行ったであろう、セミオートのフレーム。

梅津さんは冗談でその眼鏡をかけて、押し入れから飛び出るように部屋へ戻ると、友達二人は驚いて叫び声をあげた。

そんなに吃驚しなくても——と思ったが、

「いま、押し入れから出てきたお前の顔、知らないおじさんだったんだよ」

そう二人は騒いでいる。

「きっと、コレのせいだろ」

と、梅津さんが眼鏡を取って二人に見せた瞬間――。


ドンッドンッドンッドンッドンッドンッ。


誰も居ない筈の隣の部屋の壁が、激しく鳴った。

三人は息を殺し、眼鏡を見つめる。

そして目を合わせた――皆、恐怖で表情が強張っていた。

梅津さんは隣の部屋の押し入れに眼鏡を投げ入れると、その夜は電気もテレビも点けたまま眠った。


朝、梅津さんが目覚めると友達二人はまだ眠っていた。

時計を見ると朝食の時間が終わりそうだったので二人を起こす――と、

「お前！　いい加減にしろよ！」

そう驚いた表情で、梅津さんの顔を指さす。

梅津さんは――眼鏡をかけていた。

昨夜、隣の部屋の押し入れに投げ入れた、金縁の眼鏡だ。

慌ててゴミ箱に眼鏡を投げ捨てると朝食もそこそこに、逃げるようにチェックアウトした。


翌日。

学校から家に帰ると、母親に「民宿からあんたに電話よ」と受話器を渡された。

何故か緊張で掌に汗が滲むのを感じながら、受話器に耳をあてる——。


「眼鏡の件で、お話があります」

民宿のお母さんの声だった。

恐怖に言葉が出ないでいると、

「眼鏡の件で、お話があります」

そう繰り返す。

梅津さんは「大丈夫です——」と電話を切ると、走って自分の部屋に逃げ込んだ。

その後、民宿から電話がかかってくることは無かったそうだ。

インスパイア

三雲 央

パタンナーとして働いている箕輪さんが、服飾の学校に通っていた二十代前半頃に体験した話。

学校が夏休みに入り箕輪さんが帰省した折、高校時代に特に親交が深かった同級生一人とともに、夜のドライブに出向くことになった。

約半年ぶりの再会を祝し、某有名ステーキチェーン店にて夕食。食事を終えても時刻はまだ午後八時前。よって同級生の運転する車に同乗し、当て所《ど》なく県道等をひた走り続けることになったのだという。

車内で互いの近況をあれやこれやと語り合ううち、車は県を跨《また》いだ先の、山間のバイパス区間にまで至っていた。時刻は午後十一時を回っていた。

バイパスはまだできて間もないらしかった。路面に描かれた白線や、路肩を覆うコンクリートが、外灯が放つ光を受けやけに眩《まぶ》しく角が際立って見え、殊更に人工的な風情を醸していた。

そんなバイパスを抜けている最中、車を運転する同級生がまずそれに気付いた。

「あれ……人か？」

同級生が顎で指し示す進行方向の、ヘッドライトの光が届くか届かないかという先の右手、路肩とせり出し気味の木々の境に、人影らしきものがぽつんと一つ見えた。

付近は山肌を均し、木々を切り倒して造られたこの車道だけが存在するような山の中腹。したがって辺りに民家などは一切見当たらない。となれば深夜間際という時刻に、このような場に人一人が立っていることはどうにも不自然に思えた。

一般人ではない何かしらの夜間作業を行っている業者の人間の可能性も考えられるが、周囲で工事等が行われているような気配は全く見受けられない。

車が進むに従い、その人影らしきものの全容がはっきりとし始めた。

「……なんだこりゃ？」

運転席の同級生が車のスピードを落としつつ、困惑気味の声を洩《も》らす。

それは人ではなく、人間の上半身だけを模した人形――細くまっすぐの支柱によって支えられた案山子《かかし》のようなものだった。

服飾の学校に通う箕輪さんにとってそれは、製作途中の服のフィッティングや縫製作業に用いたりして馴染み深い、四肢や頭部が廃された人の胴体部のみの人形「トルソー」を想起させた。

ただしこのトルソーには、四肢は存在しないが頭部があり、その頭《こうべ》を垂らし大量の黒髪により顔が覆い隠されている状態にあった。

しかし、そんな頭や顔のことを気に掛けるよりも、箕輪さんが目を惹かれ心を奪われたのは、そのトルソーが纏う衣服だった。

和装とも洋装とも判断し難い、暗めの朱色と紺色の粗末な布地で継《つ》ぎ接《は》ぎされた衣服。臍《へそ》の辺りで強引に生地を裂き切ったかのようで、着丈は中途半端に短い。

そんなトルソーの前をゆっくりと車が通り過ぎようとする。

「ちょっと止めてくれないか」

箕輪さんが運転席の同級生に向かって叫ぶ。

「……アレ、写真に撮っておきたいんだ」

路肩に寄せて停車させた車から箕輪さんは携帯電話を片手に飛び出し、今さっき通り過ぎたばかりのトルソーの前へと向かう。

と、いない。

どういう訳だか、つい数秒前まで車道脇に佇立《ちょりつ》していたトルソーが何処にも見当たらなくなっている。

この場にそぐわないそんなものなど、初めから何処にも存在していなかったかのように、目の前にはコンクリートの擁壁《ようへき》に囲われた車道が殺風景に伸びているだけだった。

——そんな帰省時の、ちらりと見ただけの衣服からインスピレーションを得て、当時、箕輪さんがデザインし作り上げたジャケットがある。

「山のかそげ」と名付けられた、一見、朱色と紺色の大量の切れ端生地を粗雑に縫い付けただけに見えるその服は、その頃、流行していた山ガールファッションのカウンターだと一部評されもしたが、基本は酷評の嵐だったという。

きもの

おてもと真悟

渋沢さんは音楽が好きだった。聴くのが専門で、自宅には大量のＣＤやレコードをコレクションしていた。その知識を活かし、現在は副業として音楽関係のライターをしている。

「俺が就職してすぐの頃だから……二〇〇〇年代の前半だね。ほぼ毎晩クラブやらライブハウスに通ってたよ」

当時の彼は、夜な夜な東京の新宿、渋谷エリアのクラブやライブハウスに通い詰めていた。酒を飲みながら体を揺らし、酔っ払って朝を迎えることも少なくなかったという。

そんなある日、彼は渋谷のライブハウスでおかしなものを見た。

「おかしなものって言うと失礼なんだけど、明らかに場にそぐわないっていうか……。とにかく目を疑ったんだ」

その夜、彼は仕事を終えてから行きつけのライブハウスに足を運んだ。入り口で受付を済ませ、重いドアを押し開けると大音量のギターが鳴り響いていた。

最初のドリンクを注文しにバーカウンターに向かおうとしたとき、彼の目に飛び込んできたのは、着物を着たショートカットの女性だった。うぐいす色に花柄の入った着物、薄い藤色の帯。年齢は五十代前半といったところだろうか。女性はバーカウンターの端っこに寄りかかるように立ち、微笑みながら背筋を伸ばしてステージを眺めていた。

異質な出で立ちのせいか、彼女の周りには誰もいなかった。しかし渋沢さんは興味を覚え、注文した酒を受け取ってから彼女に話しかけた。

「着物……、素敵ですね」

轟音のせいで聞き取れなかったのか、彼女は耳に手を当てて「聞こえない」という仕草をした。渋沢さんは声を張り上げて同じ台詞を言った。

「きもの、すてきですね！」

その言葉を聞き取った彼女は、渋沢さんに顔を近付けて「ありがとう」と言った。

それから大声の対話が始まった。

「ここにはよく来るんですか？」

「いえ、初めてなの」

「こういう音楽が好きなんですか？」

「ええ。このひとつ前のバンドが好きで……」

彼女は少し低い、落ち着いた声の持ち主だった。

やがてライブが終わり、渋沢さんと着物の女性は外の喫煙所で話の続きをすることにした。

女性は「ゆき」と名乗った。ライブの内容について話していたはずだったが、いつしか話題が変わっていた。

「驚きましたよ。ライブハウスに着物を着た女の人が立ってるもんだから」

「着物が大好きで。外出するときはいつもこうなんです」

「たくさん着物をお持ちなんですね」

「数で言うと……、五十近くはあるかもしれない。昔から少しずつ集めてきたんです」

「どうして着物が好きになったんですか?」

渋沢さんがこの質問をした途端、会話が止まった。気に障ったのだろうか。ゆきさんは真顔になってこう言った。

「あの……、その話なんですけれど、言ってもおそらく信じないと思います。だからあまり言いたくないんです」

そう言われると、余計に訊かずにはいられなくなる。喫煙所には、いつしか渋沢さんとゆきさんだけになっていた。

「信じます。俺を信じてください。教えてくださいよ」

「……本当に?」

「本当に、です」

そこまで食い下がると、ゆきさんは重い口を開いた。

「私が着物に興味を持ったきっかけは……」

「きっかけは?」

「お化けなんです」

「……お化け、ですか?」

渋沢さんが聞き返すと、ゆきさんはゆっくりと話し始めた。

彼女は生まれも育ちも東京だったが、父方の故郷は長野県にあった。毎年お盆の時期と年末年始は、両親とゆきさんの三人で長野県の祖父母が暮らす家に泊まりに行っていた。

ゆきさんが小学六年生の年の年末。いつものように両親と祖父母の家を訪ねた。山に近い場所にある二階建ての古い一軒家で、ゆきさんは幼少期から決まって、夜は二階の広い和室で祖父母と一緒に寝ていた。

その夜もそうだった。和室には左から祖母、ゆきさん、祖父の順に布団が敷かれ、三人とも二十二時には寝床に入っていた。

ふと、ゆきさんは目を覚ました。ぼんやり目を開ける。真っ暗な部屋の中には祖父母の寝息と、壁に掛けられた古い時計の秒針が時を刻む音だけが聞こえた。長野の冬は寒い。ゆきさんは布団から足を出したくなかった。

何かの気配を感じた。自分たちが足を向けている部屋の入り口のほうに、誰かがいる。お父さん？　お母さん？　わからない。

ゆきさんは怖くなった。〝それ〟は三メートルほど離れた入り口の前にじっと佇んでいるようだった。お父さん？　お母さん？　違う気がする。ゆきさんはゆっくりと伸ばした右手を、隣で寝ている祖母の布団の中に入れた。そして祖母の左手を探り当て、ぎゅっと握った。祖母は起きない。

ばあちゃん。

声を出したくても出せなかった。初めての経験で、どうしていいかわからなかった。けれども不思議なことに、恐怖を感じたのは最初だけで、少しずつ薄れていることがわかった。恐怖は興味に変わり、部屋の入り口に何が立っているか知りたくなったのだという。

ゆきさんは祖母の手を握っていた手を放し、ゆっくり、ゆっくりと上体を起こした。両肘で身体を支えるような体勢になり、部屋の入り口のほうに目を向けた。

次第に目が慣れ、ぼんやりと人影らしき像を結んだ。部屋の中は真っ暗のはずなのに、それがどんな人なのかは何となくわかった。

女性だ。年齢まではわからない。髪はショートカットで和装。深い藍色の着物に、真っ白な帯を締めている。表情はわからないものの、こちらを見ていることはわかった。

ゆきさんは「綺麗だ」と思った。怖いという感情はすでになく、ずっとその女性を見つめていたかった。

「ううん」

横で祖父の寝言が聞こえた。そう思った刹那、着物の女性は音もなく姿を消していた。急に涙が出てきて、ゆきさんは大声で泣き始めた。なぜ涙が出たのかはわからなかった。祖父母が目を覚まして部屋の明かりを点け、一階で寝ていた両親もやってきた。

「女の人がいた」

ゆきさんは入り口を指差してそう言ったが、家族は怪訝な顔をした。

「あんたたち、この部屋に来たの？」

祖母が尋ねると、両親は首を横に振った。結局、「怖い夢を見たんだろう」ということになった。両親は一階の寝室に戻り、再び部屋の明かりが消え、ゆきさんは布団に潜った。祖母はゆきさんの右手を握ってくれ、祖父はすぐ眠りに落ちてしまった。

以後、家族の間でそのときの話題があがることはなかった。ただゆきさんの心の中に、顔が見えない着物の女性の姿は明確に焼き付いていた。

それからゆきさんは着物に興味を持ち始めた。中学、高校時代もそうだった。両親と買い物に出掛けたとき、着物専門店を外から眺めて藍色の着物を探したこともあった。似たものはあったが、どこか違っていた。

ゆきさんは服飾系の専門学校に行きたいと父にせがんだが、それは許されなかった。

地元の県立大学に進み、人生で初めて着物を着たのは成人式のときだった。ゆきさんは藍色の着物と白い帯がいいと母にせがんだが、せっかくの振袖にそれでは地味すぎると希望は叶えてもらえなかった。

社会人になって最初の給料で、ゆきさんは着物を買おうと思った。しかしどれだけ探しても、〝あの着物〟には出合えなかった。

これまで様々な着物関連の雑誌やウェブサイトを眺めてきて、それなりに知識はあったし、着物の世界の奥深さにもなんとなく気付いていた。だから着物を集めようと思った。長く付き合っていけば、いつかあの着物に出会えるかもしれない。悩んだ挙句、最初は桜色の着物と深い茶色の帯を買った。

ゆきさんは少しずつお金を貯め、着物のコレクションを増やしていった。休日などプライベートで外出するときは必ず着物を着たし、やがて一人暮らしの部屋は着物の箱でいっぱいになった。

そして欠かさず、年末年始は祖父母の家で過ごした。両親はいつしか足を運ばなくなったが、ゆきさんだけは毎年祖父母の元を訪ね、二階の寝室で三人で眠った。

ゆきさんが二十五歳のとき、まず祖父が、そして間を置かずに祖母が亡くなった。あの家は無人になった。それでもゆきさんは、約三カ月おきに「管理」という名目で祖父母の家に足を運んだ。

「また来週、祖父母の家に行くんです」

渋谷駅に向かう道中、ゆきさんはそう言った。

「二階の和室で寝るんですか？」

ゆきさんは今でも、祖父母の家の二階の和室に布団を敷いて眠っている。部屋の電気を消し、期待を込めて目を閉じるという。

「またあの女の人に会えるかもしれないから」

渋谷駅の山手線のホームに電車が入ってきた。渋沢さんが乗る電車だった。

「それじゃ。私、反対方向だから」

渋沢さんは山手線に乗った。ドアが閉まり、電車が動き出した。ゆきさんは美しい着物姿でホームに佇んでいた。

それ以来、ゆきさんを見かけることはなかった。

「あれから二十年以上経つけれど、ゆきさんは今でも長野の家を訪ねてるんじゃないかな。そんな気がするんだよ。取り憑かれてるとか、そういうのとは違うと思うんだよな。だって過去のことを話してるゆきさんの表情は、とっても輝いていたから」

ゆきさんは着物姿の幽霊に再会できたのだろうか。そうであってほしい、と渋沢さんは言った。

フリーマーケット

おてもと真悟

休日、近所の大きな公園に出掛けた。
フリーマーケット。
たくさんの人。
食器。
古着。
雑貨。
ビートルズのレコード。
「ＡＫＩＲＡ」の全巻セット。
白鳥の形のピアス。
公園の奥のほう、主がいないブースがあった。
青いビニールシートの上に並べられた哺乳瓶。
よだれかけ。
おしゃぶり。
小さな小さな靴下。
真新しい赤ちゃんの服。

脇に、文字が書かれたスケッチブックがひとつ。

「消毒、お祓い済みです」

潰される

橘 百花

瀬古さんの勤務する会社は、衣料品の販売を行っている。

社長が会社を立ち上げた当初は、革製品を中心に扱っていた。そこから現在の婦人服や雑貨の販売にシフトした。


社長は独自の仕入れルートを持っており、毛皮のコートを仕入れてくることがある。

全て古着。レトロ感がお洒落で、年齢を問わず喜ばれそうなものばかりだ。

「うわぁ、可愛い」

社長室にいた瀬古さんは、真っ先に毛皮のコートを見せてもらった。この中で一点だけなら、買ってもいいと許可が出た。

彼女はデザインが気になるものから順番に試着してみることにした。


どれもサイズは小さめだ。

胸の大きい瀬古さんに合うコートは、一点だけしかなかった。

色はベージュ。気になる汚れはなく状態もいい。やや大きめのボタンで開け閉めするタイプ。

ボタンはくるみボタン。アルミを布で包んだものだ。

上から二番目のボタンが潰れている。着る際にボタンを留めることはできるが、見栄えが悪い。

（ボタンなら、別のものを付ければ問題ない。このままでも着られない訳じゃないし）

瀬古さんはそのコートを買うことにした。

寒くなると早速そのコートを着て出社した。とても暖かく、見た目も可愛いと評判も良かった。ボタンは付け替えるのが面倒で、潰れたままにしていた。

気分良く仕事をしていると、脇腹が痛んだ。笑っても、咳をしても、食事をしても痛い。

「あばらでも折ったんじゃないの？」

結構簡単に折れると、痛そうにしている彼女を見て社員の一人が言った。

折れる原因に覚えがなく大袈裟だと思った。その日は痛みを我慢して仕事を続けた。

次の日の朝。

彼女がベッドで身体を起こそうとして激痛が走った。やっとの思いで立ち上がり、鏡の前で上半身を確認してみると、痛む場所に小さな青痣ができていた。

「流石にこれは、何かヤバいかも」

勤務先に病院に行くと連絡を入れ、自宅から一番近いところにある整形外科に行った。そこでレントゲンを撮ってもらったが、折れている箇所が見つからない。

「罅《ひび》が入ってるのかもしれませんね」

バストバンドで固定すると、少しだけ歩きやすくなった。

その日は会社を休ませてもらい、自宅でゆっくり過ごすことにした。

風呂のとき、青くなっていたところを確認した。すると肩にも小さく丸い痣ができている。

こちらは既に治りかけで、黄色っぽくなっていた。心配になり、鏡で背中も確認すると、そこにも数か所の小さな痣があった。

「何で……」

何か他の病気でも隠れているのかと心配になったが、健康診断で引っ掛かっている項目はない。これが続くようなら、念の為検査したほうがいいのかもしれないと考えた。


出社前。朝の気温が低かったこともあり、あの毛皮のコートに袖を通した。そのとき、胸の辺りをピンポイントで強く押されたような気がした。

ちょうどあのボタンが潰れている辺り。そこを指で強く押されているような痛みがある。中に着ている服の何かが当たっているのかと思い、慌ててコートを脱いだ。痛みの原因になりそうなものはない。

コートを脱ぐと同時に、痛みも止んだ。

「やっぱり今日は、ダウンコートにしよう」

急いで別のコートを着ると、毛皮のコートを玄関に雑に置いた。

仕事を終えて帰宅した。

玄関に放り出すようにしてあった毛皮のコートを、片付けようと持ち上げた。

すると潰れていたのは一つだけだったはずのボタンが、全て駄目になっていた。こうなってしまうと流石にこのまま着るのは躊躇《ため》われる。

後で直そうとは思ったが、つい後回しにして季節が変わった。

コートを着なくなってからは、痣もおかしな痛みも出なくなった。

その後も店で同じようなボタンを探すのと付け替えることが面倒で、着ることはなかった。

最後はフリーマーケットで、名古屋から買い物に来たという親子に売ってしまった。

銃後の残滓《ざんし》

渡部正和

拓朗さんが格安で購入した中古住宅には、安いだけの理由があった。

それは、室内のありとあらゆる場所に残置物が大量に放置されていたのである。

何処からどう見ても訳あり物件としか考えられないが、その辺りの事情は割愛させていただく。

この問題の残置物。勿論《もちろん》内見時に確認していたので承知の上であったが、彼自身かなり甘く考えていたことは確かである。

「ほら、店で見て購入した家具や家電が、実際に家に運ぶと思ったより大きくて、みたいな感じ」

今一つ分かりかねる例えではあるが、とにかく大変だったことは想像に難くない。

「そりゃ、ね。一週間くらいあれば終わると思っていたものが、三カ月経っても終わりが見えないんだから」

四つの部屋を埋め尽くす、膨大な残置物。その殆どは雑誌や書籍の類であったが、独りで対処するには多過ぎる。

しかもそればかりをやっている訳ではない。平日のみならず場合によっては土日祝も朝から晩まで仕事場で拘束されるし、その他にもやらなければならないことに時間を取られてしまう。

「そんなこんなで、片付けるまでに結局一年近く掛かった訳なんですが。そのときに……」

こんなものが見つかったんですよ、と言いながら、彼はシャツの胸ポケットからスマートフォンを取り出して、その画面を私に向けた。

画面のガラスに幾つかの罅が入って大変見難かったが、それは黄ばんだ腹巻きらしきものの画像であった。

かなりの年代物なのか大分使い古されてボロボロになっている。しかも赤黒い染みが広範囲に広がっている。

「これねぇ、押し入れの奥にあった木箱の中に入っていたんだよ。二十センチ四方くらいの大きさの箱に」

話を聞くと、古新聞や古雑誌がぎっしりと詰め込まれたその奥に、まるでひっそりと置かれていたところを、掃除の真っ最中に発見したのである。

しかも、押し入れ全体には何かの虫が湧いていたらしく、黴臭い紙類や他の木製の部分はこっ酷く喰い荒らされて哀れな状態であったが、この白木の木箱には黴は勿論虫害の類も一切見当たらない。

「ホント、失敗なんだけどね。写真に撮るのはこっちじゃなかったんですよね」

この時点では、彼の言っている意味を理解していなかった。

春頃にこの撤去作業を始めて、間もなく夏が終わりを告げようとしていた。

エアコンは残置物撤去後に設置しようと考えていたため、もうすぐ汗だくの作業から解放される、と考えただけで小躍りしそうなほどであった。

しかしながら、片付けなければならない不要物はまだまだある。

昨晩途中で断念した、一階八畳間の押し入れをどうにかして今日中に終わらせたい。

有り難いことに三連休の初日だったので、今日は寝るのが多少遅くなってもかまわない、とそのときは考えていた。


時刻が間もなく午前零時になろうかという頃。

すっかり綺麗になった押し入れの中から最後と思われる雑誌の束を取り出したところで、彼の動きが止まった。

奥に、何かが残っている。

身を乗り出して覗き込んでみると、何やら箱らしきものがぽつんと残されている。

「ん？」

何処か、おかしい。いや、絶対におかしい。

何故なら、押し入れの中にしこたま堆積していた埃の類が、木箱には全く積もっていないのだ。

平常時であればこのような危ない香りがするものに対して多少の警戒はするはずであったが、心底嫌になり始めていた真夜中の残置物撤去の途中である。

拓朗さんは眉間に皺を寄せながら、面倒臭そうに木箱を手に取ると、やや固い蓋を力任せに開け放った。

中には、油紙らしきものに包まれているものが一つ入っていた。

煩わしそうに舌打ちしながら、油紙を強引に剥がすなり、中に入っているものを無造作に手に取って、視線を遣った。

「ひっ」

全身に掻痒感《そうようかん》が走ってしまい、軽い悲鳴を上げながら、思わず中身を箱ごと床に落としてしまった。

木箱が割れてしまったかのような音が聞こえてきたが、そんなことはどうでも良かった。

それよりも、箱の中身である。

木箱に入っていたもの、それは薄汚い駱駝《らくだ》色の布であった。

その下から見えている黒っぽい布の部分に、赤い突起のようなものがびっしりと付着している。

この部分に蛾か何かの卵を想像して手から落としたものの、すぐに自分の勘違いだと分かった。

よく見てみると、いやよく見なくても、赤い糸で彩られたただの模様にすぎないのは明らかである。

自分の迂闊《うかつ》さに毒づきながら、後で調べるかもしれないので、取り急ぎその場で写真を一枚撮ることにした。

そして、薄汚い腹巻きらしきものを具《つぶさ》に眺めてみる。

その形は筒状で、恐らく古い腹巻きなのであろう。何かを溢してしまったのか、ところどころどす黒く変色している。

腹巻きの内側には、手拭いのようなものがちらりと覗いていて、そこには赤い糸で漢字四文字と何かの動物らしき姿が刺繍されている。

しかし、劣化が激しく字も判読できない上に、何の動物なのかすら全く分からなかった。

しかも、その出来栄えから明らかに素人の手作りとしか思えないし、何かも分からない文字と動物らしきものが重なり合って、物凄く不気味に思えた。

まさか呪《まじな》いか何かの類であろうか。

どことなく危険な匂いを感じたが、しかし今はそれどころではない。

もう日付が変わる時間である。早く汗を流して眠りたい。

例の不気味な布は押し入れの手前側にそのまま放置して、今日の作業は終了することにした。

ただし、包んであった油紙と白木の木箱は共に破損してしまったため、即座にゴミ袋へと放り込まれた。


その日の深夜のこと。

いつもより熱心に掃除をしたせいか心身ともに疲れ果ててしまい、半ば倒れるかのようにベッドで眠っていた。

熟睡していたはずが、異様な音で突然覚醒して目を見開く。

ゔうゔうゔゔっ！　ゔうゔうゔゔうっ！

不気味な唸り声が、何処からともなく聞こえてくる。

ゔうゔうゔゔっ！　うゔゔうゔゔゔうっ！

咄嗟《とっさ》に飛び起きようと試みるが、どうしても身体が言うことを聞いてくれない。

何故か顔面だけはぎこちなくではあるが動かすことができたため、両目を使って室内を見渡そうとした。

そのとき。

いきなり何者かに顔を覗き込まれた。

「ひっ！」

息が詰まって苦しくなったかと思うと、そのまま意識が深い闇の中へと堕ちていく感覚に囚われる。

せめてもの抵抗とばかりに、拓朗さんは目の前にいる者の顔を凝視し、そして視線を下のほうに移した辺りで意識を失ってしまった。


「そういったものに詳しくないのでよく分かりませんが……」

彼の顔を覗き込んでいた者、それは黄土色の制服らしきものを着た若い男性であった。

そして、頭部の右側が何かに削り取られたかのようにざっくりと失われており、糸のように細い瞼《まぶた》の隙間から垣間見える右目は、異様なまでに真っ赤に充血していた。

更に腹部の左側がしとどに濡れており、制服から滴り落ちる何らかの雫が床に落ちては跳ね上がる。

周囲に広がる静けさの中、その音だけがやけにうるさく感じられたという。

意識を取り戻したとき、外は既に明るくなっていた。

時計を見ると、もうすぐお昼になる時間である。

昨晩のことを思い出して慌てて周囲に視線を巡らすが、あの男は何処にもいない。

そして、こう思い至った。

恐らくアレが関係しているのではないか、と。

拓朗さんは八畳間の押し入れへと向かった。

しかし、この場所へ確かに置いたはずのものが、幾ら探しても何処にも見当たらない。

「ホント、キレイさっぱり消えてなくなってしまいました。ええ、そうです。あの腹巻きと布ですね」

それ以来、あの現象は起きていないので、彼の考えは間違いないのかもしれない。

「ああ、悔しいなァ、ホント。写真に残すものを間違いましたよ」

＊

都内近郊のボロアパートに住む大学生のノボルさんは、もうじき四回目の一年生を迎えようとしていた。

彼曰く、アルバイトで毎日鬼のように忙しくて、講義に行く暇がないとのことである。

しかしそうは言っても、講義と引き換えに稼いだ金は、授業料と生活費ですっからかんになってしまう。

もはや何が目的なのかは不明であるが、とにかくそんな毎日を過ごしていた、とある土曜日の朝。

牛丼屋の夜間シフトから帰ってきて自室に入ろうとしたとき、ドアに備え付けられた郵便受けから茶封筒の端らしきものが覗いていることに気が付いた。

恐らく何かの広告か勧誘だろ、などと考えながら、封筒はそのまま放置した。そしてタオルと着替えを用意して、近くの銭湯に行くために部屋を出た。

さっぱりして部屋に戻ると、愛用のガラステーブルの上に大きめの茶封筒が置かれている。

「あれ、こんなのあったっけ？」

濡れた髪の毛をタオルで拭きながらぼーっと考えていると、いきなりその事実に思い当たった。

ノボルさんは深呼吸をしながら玄関まで戻ると、すぐに郵便受けを確認した。

ない。やっぱり、なくなっている。

その瞬間、何とも言いようのないぞわっとした、焦燥感のようなものが襲いかかってくる。

ひょっとして。誰かこの部屋に隠れているのではないだろうか。

そう考えると、いても立ってもいられない。

極力音を立てないように下駄箱を開けると、中から金槌を取り出して、柄の部分を強く握りしめた。不審者に対抗できそうな武器は、残念ながらこれぐらいしかなかったからである。

そして玄関の鍵が内側からロックされていることを確認してから、人が隠れそうな場所を確認し始めた。

だが、狭い四畳半のアパートで、トイレと湯舟らしきものが一緒になっている小さなユニットバスがあるのみ。そうそう人一人が隠れる空間などありはしない。

しかし、あの封筒が部屋にあるということは、何者かがこの部屋に侵入して、あの封筒をテーブルの上に置いたとしか考えられない。

でも、どうやって？

銭湯から戻ってきたとき、確かに鍵は掛かっていた。

しかもこんな部屋、隠れる場所がないし、盗るモノもないではないか。

そう考えると、妙に安心感に包まれた。そう、恐らく自分の勘違いなのであろう。

彼はテーブルの前に腰を落とすと、茶封筒を手に取って眺めた。

宛名や差出人は何処にも記載されていないし、切手の類も見当たらない。

とすると、誰かが直接、この部屋の郵便受けに入れたことになる。

少々疑問に思ってはみたものの、早く中身を確認して眠りに就きたい。

彼は茶封筒の端っこを指で摘まむと、破いて中身を取り出した。

そこには、よれよれになった使い古しのファスナーバッグに押し込められている、白い手拭いらしきものが入っていた。

赤い糸で四文字と動物を思わせる刺繍が施されており、真ん中に穴の開いた銀色の硬貨で、

「五銭」と書いてあるものが二枚、これまた赤い糸で強固に縫い付けられていた。

刺繍を施した人は余り上手ではないらしく、動物は恐らく虎、文字は長と武しか読み取ることはできない。

しかし、これは一体何なのであろうか。

生まれて初めて見るものであるし、硬貨自体も大昔の日本のものだとは思うのだが、確証はない。

ノボルさんがその布を眺めながら不思議がっていると、いきなり頭の右側が割れるように痛み出した。

持病の偏頭痛だと思ってこめかみを冷やすべく立ち上がろうとした瞬間、今までにない激しい痛みが襲ってきた。

思わずその場で倒れこむが、余りの痛さに吐き気まで催してしまう。

どうにかしてトイレまで行こうとするが、今度は左脇腹に鋭い痛みが走る。それはやがて暴力的なまでに凶暴化し、まるで焼け火箸を力任せに差し込まれ、腸《はらわた》を強引に掻き混ぜられたかのように思えた。

その余りの痛さに耐えきれず、彼はその場で昏倒してしまった。

――こうへい、こうへい、や。

何処からともなく、女性らしき声が聞こえてくる。そして何故か、その優しい声をいつまでも聞いていたいような気がする。

——こうへい、こうへい、や。

ん？　こうへい、って一体誰のことだ？

と思った瞬間、空腹と尿意で一気に目が覚めた。

最初は何が起きたのかさっぱり分からなかったが、何げなく目の前にある例の布を視線が捉えた瞬間、何とも言いようのない恐怖感に襲われた。

ええっ、何。一体、何が起きているのか。もしかして、コレのせいで、こんな目に？

頭痛と腹痛は既になくなっていたが、その代わり全身の不快感が尋常ではなく、まるで気が狂いそうなほどであった。

何しろ涙や鼻水、そして涎と寝汗で、身体中がぐちゃぐちゃに濡れていたのである。

慌ててテーブルの上にある時計に目を遣ると、いつの間にか二日以上経過していることに気が付いて、彼は青くなった。


複数のアルバイト先を無断欠勤したことによる、謝罪がとにかく面倒であった。

しかし、どうして自分がこんな目に遭わなければならないのであろうか。

そう考えたとき、一つだけ思い当たる節があった。

それは、隣に住んでいる同年代風の男である。

数年前に挨拶を無視されてからは、目すら合わせるのが嫌になっていた。

恐らく、あの男の嫌がらせに違いない。

何故なら、ノボルさんが室内で発する生活音に対して、壁をガンガン叩いてくるからである。

その都度、より激しく叩き返すようにはしているが、とうとうおかしなモノで復讐するようになったに違いない。

そう思い至ったらいてても立ってもいられず、すぐに行動することにした。

自分が辛い目に遭った原因と思しきこの布を、そっくりそのまま返却することにしたのである。

彼は目の前の布をよれよれのファスナーバッグへ無造作に押し込むと、破いた茶封筒に入れて、隣の部屋の郵便受けに差し込んできたのである。

「大成功でしたね。因果応報ですよ、あのクソ野郎が」

嬉々として語るその内容は、数日後に彼の隣人は精神に異常を来したらしく、自傷したとのことであった。

「まあ、部屋の前でぶっ倒れてたんで分かったんですけど。左の頭と右の脇腹から酷く出血してましたね。そして腹には鋏が突き刺さってたんで」

結局、隣人の親戚らしき人物が三人ほど現れて、部屋を綺麗にして去っていったとのことである。

勿論、ノボルさんはあの日以来、隣人の姿を見ていない。

例の布がどうなったかは、一向に不明である。

＊

ある、夏の暑い盛りのこと。

近くのスーパーまで買い物に出かけた良子さんが、スーパーの前で信号待ちをしていたとき。いつの間に現れたのか、見知らぬ女が自分のすぐ側に寄り添うように佇んでいた。

突然パーソナルスペースを侵されたため、彼女は毅然《きぜん》とした表情で、その女を睨み付けた。

その女は、良子さんの冷たい視線を、カッと見開いた黒目がちな両の目でしっかりと受けとめながら、こう言った。

「こいづに一針、お願《ねげ》ェします」

何を言っているのか、さっぱり意味が分からない。

先ほどまでの険しい表情は何処かへ消え去り、今では半ば呆けたかのようにきょとんとしながら、目の前に佇む女の顔をまじまじと見つめる。

齢は四十代後半から五十代だろうか。化粧っ気が一切なく、顔全体にうっすらと泥らしきものが付着している。

「こいづに一針、お願ェします」

そう言いながら、右手には針のようなもの、左手には布のようなものを持っており、それらをゆっくりと差し出してきた。

それは、見るからに新品の真っ白な布で一見手拭いのように思えたが、ところどころに赤い糸で模様らしきものが縫ってある。

何かの文字と動物らしき図案ではあったが、完成までにはまだまだ時間が掛かりそうに思えた。

しかし、それはそれとして、この人の言っている意味がよく分からない。一針って、一体何のことなのか。

「あの、すみません。おっしゃる意味がよく……」

「あんのォ、倅《せがれ》に持たせますんで。こいづに一針、お願ェします」

そう言いながら、ぺこりと頭を垂れた。

「ですからね、あの……　あっ！　針？　針ってお裁縫のことですか？　いやいや、無理ですよ。私、できない人なんで」

そう告げながら歩行者信号に視線を移すと、いつの間にか青に変わっていた信号が点滅を始めていた。

「あ、ごめんなさい。急ぐん……」

そう言いながら視線を動かすと、既に隣には誰もいない。

「……えっ、ウソでしょ？」

慌てて辺りを見渡してみるが、先ほどまで隣にいた女性は何処にもいない。

驚きの余りその場でしゃがみ込んでみると、アスファルトに何か落ちている。

目を凝らしてみたところ、それは腐食が激しくボロボロになった、縫い針らしきものの成れの果てであった。

「でも、あの人が持っていたのは新しい針だったんですよ。あの人の落とし物とは違うと思うんですけど……あと、もう一つ」

そう言いながら、彼女は小声で言った。

「あの女の人の服装なんですけど、どうしても思い出せないんですよ」

*

今御紹介した三つの体験談は、全て時間も場所も遠く離れた話になります。

しかしながら、どことなく何処かで繋がっているような気がしてならないのは私だけでしょうか。

ちなみに、体験された方に知人、友人、親族といったような繋がりは一切ありません。

ただ一つ、三人とも苗字が同じである、ということを除いては。

午前二時四十二分

服部義史

後藤さんの家は閑静な住宅街の中にある。

周囲に建売住宅が並ぶ中、それなりの大きさの庭も備えた立派な住居である。

「一応、こんな感じで、それなりの高さの塀で囲まれているんですけどね」

後藤さんを悩ませているのは、庭への侵入者の存在であった。

勿論、塀で囲まれてはいるが、門構えから入り住居の横を擦り抜けると、庭に到着することはできる。

「でも、正面突破をしている訳じゃないんですよ」

後藤さんの住居の玄関先には人感センサーの防犯カメラが設置されている。

庭に異常があった際、カメラの映像を確認するが、不審者の存在は一切確認できなかった。

「ということは、塀を乗り越えてきているってことじゃないですか」

しかし、後藤さんの住居の周りは住宅が密集している。

二メートル以上の高さの塀を、夜間とはいえ、飛び越えて侵入するのはリスクがある。

「そうそう、侵入っていっても、強盗とか窃盗目的ということじゃないんです」

後藤さんの庭には、手入れのされた松の木と大中小と大きさの違う庭石が置かれている。

それらの上に、襤褸《ぼろ》雑巾のような布切れが点々と散らされている。

「またか……」

起床した後藤さんは憂鬱な気持ちでそれらの掃除をする羽目になっていた。

頻度としては不定期ながらもひと月の間に四、五回のペースで起きていた。

「知らない間に何らかの恨みを買っているって考えたんですよ。嫌がらせ目的ってね」

後藤さんは警察にも相談には行った。

しかし、貰えた回答は周囲の巡回を増やします、というありきたりのものであった。

警察が頼りにならないのなら、と新しく防犯カメラの設置を検討する。

ただ、庭全体が撮影できる場所に新設するのは個人の能力では無理があった。

犯人が周辺住民の誰かなら、大掛かりな工事は警戒されてしまうことになる。

これまでの嫌がらせができないとなると、あらぬ方向へ意識が向いてしまうかもしれない。

それは身の危険にも直結するので、庭に隣接しているリビングに撮影用のカメラを置くことにした。

就寝前にはリビングのレースカーテンまでを開けっぱなしの状態にする。

カメラを起動させ、作動ランプは気付かれないように目眩ましをした。

そんな中、何も起きないまま四日が過ぎた。

六日目の朝、また庭には襤褸雑巾が点在していた。

後藤さんは遂に起きたかと、昨夜の映像を確認する。

午前二時四十二分、庭の中央付近に人影が映し出されていた。

それ以前の時間は何度確認しても、人影が見当たらないため、侵入経路などは不明のままである。

まるで突然現れたように、立っている人の姿がカメラには収められていた。

ただ、不審な点がある。

上半身は白いワイシャツを着ているようだが、下半身は黒い足のシルエットしか分からない。

顔を確認しようとするが、こちらも黒い頭部のシルエットで表情すら読み取れない。

(おかしいな。高性能のカメラなんだが……)

二十分以上、ただ立ち尽くす人影が映っていた。

すると突然、その人影の足の部分が縦に伸びた。

人の長さのものではない。

カメラに映る窓から上半身が確認できない程、その足は高く伸びていた。

間もなく、白い布のような物がハラハラと庭に舞い落ちてきた。

それは散り行く桜の花びらを思わせるような綺麗な光景であった。

その刹那、片足が大きく上がる。

その後、残されたもう一本の足も大きく上がり、姿を消した。

「多分、映像から判断すると、庭石と塀を大きく跨ぐようにして出ていったんだと思います。完全に人の所業じゃないですよね」

後藤さんの考察では、舞い落ちた白い布は人影が着ていたワイシャツだと思っている。ただ、いつも庭に残されている物は、ボロボロではあるがもっと厚手の生地であり、通常のワイシャツの生地とは似ても似つかないものである。

「で、嘘じゃない証拠に、映像を見てもらうのが筋ですよね」

後藤さんが見せてくれた映像には、何の異変も起こらない庭の景色が延々と録画されていた。

「私以外、誰に見せても、二時四十二分の変化に気付いてもらえないんです。ここ、ここに人影があるんです。はっきりと」

社会的にもそれなりの地位がある人が吐くような嘘の内容ではない。

真剣な表情からも、彼の本気が窺えた。

後藤さんはこの映像を初めて見た数日後、心臓の発作で倒れている。

現在は通院、投薬で治療を続けているが、体調が優れない日々を送っている。

「あの存在は私に向けられた悪意のようなものだと思っています。だから、私だけが気付き、影響が出ていると……」

最初の頃に比べると頻度は減ったが、庭に襤褸雑巾が点在することは今でもあるという。

「独り身の自分が消えるのが先か、確たる証拠を掴み、悪意の元凶を潰すことができるのかの根競《こんくら》べです」

後藤さんの孤独な戦いは今も続き、それに伴い、録画データも蓄積され続けている。

糸の意図

服部義史

「うちの母親は料理や家事はてんで駄目だったんですが、裁縫とかは得意だったんですよね」

中井さんの幼少期、冬が近付くと母親はよく編み物をしていた。

手袋、セーター、靴下などまで、毛糸を使ってぴったりのサイズの物を編んでくれていた。

「小さくなって着られなくなった物は糸を解いて、ストーブの上の薬缶の蒸気で糸の編み癖を直したりするんです。子供の頃は、何か凄いって思ってました」

毛糸が使えるうちは何度でも再利用し、模様を作るために色の違う毛糸を上手く繋いで編み込んでいく。

それは市販されている物と遜色のない出来だったという。


「小学三年くらいだったかなぁ……」

中井さんは同級生に毛糸の靴下を馬鹿にされた。

それまで自慢だったものが、自尊心を守るために、急に価値のないものに変わる。

帰宅した中井さんは母親に強く当たった。

「みんなが馬鹿にするから、毛糸の物はもう着ていかない！　みんなみたいに普通のトレーナーやパーカーや靴下じゃないと学校に行かないから！」

母親は突然のことに驚きながらも、それまで見せたことのない悲しげな顔をした。

「多分、慌てて買ってきたんでしょうね。その日の夜には、枕元に翌日着る服が用意されていました」

中井さんは多少の罪悪感を抱くが、これで同級生に馬鹿にされないという安心感のほうが勝る。

その日以降、母親が手編みの物を彼の前に見せることはなかった。


月日は流れ、中井さんは高校を卒業すると、ある地方都市で就職する。

実家に帰ることもなく、ただただ仕事に明け暮れた。

「家へ連絡することもしませんでした。便りがないのは元気な証拠って、勝手に母も思ってるつもりだったんですよね」

数年ぶりに帰宅しても、友達の家を遊び渡り、休暇は終わってしまう。

そんな生活を続け、気付けば三十歳を回っていた。

「父からの突然の電話で母の病気を知りました」

病名は癌。既に全身に転移しており、余命は半年あるかないかだという。

中井さんは慌てて有休を取り、病床の母親を見舞う。

想像以上に母親は衰弱し、実年齢よりも十歳以上も老けて見えた。

中井さんの呼び掛けにも反応はない。

父親の話によると、骨まで転移していることから、相当な痛みがあったらしい。モルヒネが投与され、意識は混濁状態にあった。

「ごめん……。ごめんなさい……」

親孝行と呼べるものは一つもしたことがなかった。

自分勝手に生きて、それでも文句を言われたことがなかった。

「母さんな、心配掛けるから言うなって言ってたんだ。もう少し早く言うべきだったな……」

涙を堪えて話す父親の言葉に、中井さんの涙腺は崩壊した。

「それから三カ月も持たずに逝っちゃいました。毎週、会いに行ったんですが、結局、通じ合ったと思える瞬間は一度もなかったんです」

葬儀を終えてまた日常に戻るが、中井さんは夏休みと正月休みには必ず実家に帰るようにした。

母親への不義理を、父親との時間を作ることで埋め合わせをしようとしていたのかもしれない。

母の三回忌は実家でひっそりと行われた。

その夜は父親と飲みながら、思い出話に花を咲かせる。

「お前はすぐ母さんの陰に隠れて何かと甘えてたのに、急に大人ぶるようになったよな」

「えーそうだっけ？」

「そうだよ、それで母さんもお前の機嫌を損ねないように編み物……」

しまったという表情の父親と、あの日のことを鮮明に思い出した中井さん。

「ま、まぁ、あれだ。確かに母さんは編み物が好きだったけど、子供には子供の社会があるってもんだ。そこは男同士、よく分かるってもんだ」

「……俺、結局、謝らないままだった。今なら分かる。本当に悪いことをした……」

二人の間に静寂が訪れる。

俯き黙る時間が五分程続いただろうか。

『シュン、シュン、シュシュ、シュシュ……』

何処かで聞き覚えのある音に、中井さんは顔を上げた。

——仕舞い込んであるはずのストーブが目の前にあり、その上で薬缶が蒸気を上げている。

「えっ?」

状況が理解できない中井さんは、何が起きているのかと周囲を確認する。

すると父親もストーブを見つめながら、驚き固まっていた。

ポツリと呟いた父親の言葉に反応するように、ストーブの前に人影が現れ出した。

「か、母さん……」

その人影は徐々に彩を宿し、輪郭を詳細にしていく。

『もう寒くなるからね。あったかいマフラーを編んであげなきゃ』

若き日の母親が独り言を呟きながら、蒸気の上で毛糸をくぐらせている。

その様子を見た中井さんは涙が溢れる。

涙で視界が完全に塞がれたとき、「母さん！　母さん！」と父親が叫んだ。

慌てて涙を拭うが、中井さんの視界からはストーブはおろか、母親の姿も消えていた。

「どういうこと……」

「分からん……」

「いたよね、母さん」

「ああ、いた。そこにいた。母さんだった」

「成仏してないってこと？　やっぱ、あの頃のことが未練みたいになってるってことかな？」

「そうじゃない。母さんはそんなふうに考えたり……」

ハッとした顔をした後、父親は自室に飛び込む。

押し入れをゴソゴソと捜索した後、一つの段ボールを取り出した。

「この中には、母さんがお前のために編んだ物が入っている。それを渡してくれっていうことだろ」

封を開けると、小さいサイズのセーターが一番上に見えた。

「これはもう着られないよね。大事に持っていて、忘れないで、っていうことかな？」

「まあ、大事にしたら母さんは喜ぶよな。きっと……」

段ボールから次々と編み物を取り出しては、自分がこんなに小さかったのかと父親と笑い合った。

「記念の品、想い出の品で終わるはずだったんです」

段ボールの一番下にはマフラーが眠っていた。

それだけは何故か大きく、現在の中井さんにぴったりのサイズ感となっていた。

「将来の僕のために編んでたってことでしょうか？　流石にそれはないだろうと、父親は首を傾げていますが……」

真相は分からないままだが、中井さんは擦り切れるまでそのマフラーを使うという。

分離

服部義史

幼少期に使っていた大きいタオルなどを、大人になっても捨てられずに大事にしている人は一定数いるらしい。

安藤さんもその一人である。

「何だろう。説明できないんですけど、安心感があるんです」

衛生面も考慮しているため、定期的には洗濯をしている。

当然、当時の臭いが残っている訳もなく、タオルの生地は擦り切れてボロボロになっている。

「今はこんな大きさになってしまいました」

バックから取り出されたのは薄鼠《うすねず》色のハンカチ大の生地。

向こうが透けて見える程に繊維は劣化し、端は糸が垂れ下がっている。

どんな想い出があるのか訊ねてみるが、返答は意外なものだった。

「あ、すみません。安心感ってそういう感じのものではなくて……」

最初は純粋に、馴染みのあるものに対しての安心感だったという。

ただ、高校生になる頃には、生地が随分と小さくなってしまった。

親からはいい加減に捨てるよう言われるが、自分の分身のような物に思えた。

「完全になくなるまで持っているからな」

無意識にそう話し掛けたという。


その日から、外出する際には必ず持ち歩くようにした。

特に意味のない、自己満足の行為だった。


社会人になってもその生活は続いていた。

ある日のこと、出張で某県に来ていた安藤さんは電車に乗ろうとする。

ふと頭の中で声がしたような気がした。

『駄目だ！　絶対に乗るな！　乗ったら死ぬぞ！』

急に身体が重くなり、その場から動けなくなる。

電車に乗ろうとする人々からすると邪魔でしかない状態で、立ち尽くす。

「すみません。すみません」

辛うじて微かに出せた声で謝罪をするが、人々は不快そうな表情で安藤さんを躱《かわ》していく。

電車が発車した後で動けるようになるが、疲労感が半端ない。

そのまま壁のある所まで移動し、しゃがみ込んだ。

「大丈夫ですか？」

何度も通行人に声を掛けられるので、トイレの個室に逃げ込む。

ふう、と一息吐いたところで気を失った。

意識を取り戻すと、取引先との約束の時間まで後僅かであった。

慌てて電話を掛けながらトイレを飛び出す。

駅構内の雰囲気が異常だった。

人々はざわつき、駅員は声を上げながら走り回っていた。

「とてもとても大きな事故でした。当時は偶然助かったと思っていたんですよね」


それから二年後、交差点で信号待ちをしていた。

『こっちだ！　急げ！』

また頭の中で声が響く。

指示される方向が分からない状態だったが、自然と足は右方向へ走り出していた。

その直後、強烈な破壊音と後方からの風を感じる。

振り返ると、コンビニに車が突っ込んでいた。

あの瞬間、左に走っていたなら、コンビニと車の間に挟まれていただろう。

いや、それ以前に、声がしなかったら、車の存在に気付かずに撥ね飛ばされていた。

動揺する心を落ち着けようと、手はバックの中のタオル生地を握る。

「あっ、これだって思いました。伝わってきたんです。もう一人の自分が助けたんだって」

他にも自転車に突っ込まれそうになるのを回避したり、車を運転中に追突されたことがあるが、声のおかげで身構えることができ、無傷で済んだという。

「気になるのは事故の大きさで劣化の速度が進んでいることです」

大事故を回避したときは生地に切り裂かれたような傷ができ、小事故の場合は端の糸の解《ほつ》れが進む。

「これって、身代わりになってくれているってことだと思うんです」

恐らくは生地の大きさから、回避できるのはあと一回。

その後はもう一人の自分が完全に消え失せてしまうのか、またその状況で自分には一切の問題が生じないのか。

その答えはまだ先になりそうだ。

脱グ怪談

加藤一

彼女は、高校時代グレていた。

「まあ、大昔の話だヨ」

彼女の言う大昔がどのくらい昔なのかと言うと、不良少女のスタイルが我々が連想するそれと大きく異なるということから類推してほしい。

ギャルではなかった。ミニスカでもなかった。チーマーではなかったし、どぎついパーマを当てて特攻服《とっぷく》を着たレディースでもなかった。

足首まで隠し、裾を引きずる寸前ほどに丈の長いロングスカート。

ウエストを過剰に絞ったタイトなセーラー服。

そして、胸元まで伸ばしたサラサラのストレートヘアから鋭い眼光が覗き、男も女も誰も彼もを威圧する。群れず、従えず、従わず、孤高の不良少女。

一言で言えば、「スケ番」であった。

潰した革鞄を小脇に学校には真面目に登校するのだが、下校後はいつも街をぶらついていたし、帰宅時間など遊び歩いた末に午前様となるのが日常だった。

当然、夜道を一人歩きすることも多く、しばしば変質者に遭遇していた。

「あいつら、やることが皆同じなんヨ」

当時の変質者はと言えば、露出狂が定番だった。物陰から飛び出したコートの男が、前をはだけると素っ裸、というアレ。

彼女は当時もスッとした美女であったので、スケ番スタイルでも狙われやすかったのだろう。

「粗末なモン、見せんじゃねえ！」

大抵はそう一喝するか、でなければ股間のイチモツを蹴り上げて成敗していた。

大人の男（ただし変態）が力なく頽《くずお》れる姿に爽快感もあった。

ある夏の夜のこと。深夜の路地裏を歩いていると、前方から蒸し暑い季節に似つかわしくない装いの男が近付いてきた。

分厚いコートの前を不自然に押さえつけている。そして、交互に繰り出す足元は革靴を履いているのだが、コートの裾から覗く素足にすね毛が靡《なび》いている。

至近まで接近した男は彼女の視線に気付いているようで、ニチャアと糸を引くような生理的に拒絶せざるを得ない笑みを浮かべている。

そして、不意打ちのつもりなのだろう、コートの前をバッと開いた。

「ふざっケンナ！」

彼女はそのタイミングに合わせて、変質者の股間をつま先で蹴り上げた。

倒れ伏す変質者――のはずが、路傍に倒れたのは彼女のほうだった。

股間から脳天まで突き抜けるほどの激痛が走り、その後いつまでも抜けない鈍痛が股間を中心にへばりついている。喘《あえ》ごうにも声も出ず、息を吸うことも吐くこともできず、ただただ股間を押さえて蹲《うずくま》ることしかできない。

もんどり打って路上を転がる彼女の視界に、コートの裾が翻《ひるがえ》った。

むくつけきすね毛を靡かせた素足と革靴が見える。

粗末なモンがこの上にぶら下がっていやがんのか、と腹立つ。

と、頭上から甲高い哄笑《こうしょう》が響き渡った。変質者が勝ち誇っていやがるのだ。

(変態に……ヤられる……)

乙女の純情を散らされる、と身構えたその瞬間。

彼女の視界から変質者のコートと革靴が消え失せた。宙に融けるように、空気に滲むように、霧散するかのように散って消えた。


「言っとくけどね。あたしが蹴ったの。あっちは棒立ちしてただけ。舐めんな、って股間に喰らわせたのは絶対にこっちだから」

それだけは間違いない。が、瞬間、彼女と変質者の身体が入れ替えられたようなのだった。

「男がね、金的やられて苦しむ理由めっちゃ理解できたヨ。実際、あんなに効果あるんだな、って。あたしの撃退法、間違ってなかったな、って。でもサ、この苦しみを理解できる女は、世界で多分私だけ」

そうだね、と相づちを打った。

股間がキュッときた。

おさがり

夜行列車

彼の母親が生まれたのは日本全体が貧しい時代だった。

誰もが満足に食べることができず、大人になる前に亡くなる子供も多かったという。

彼の母親である千代さんは兄弟姉妹の末っ子で、新品の服など着たことはなかった。

全て姉達からのお下がりを母が手直ししたものだったが、千代さんはそんなお下がりを貰うたびに大喜びで兄姉や御近所に見せて回った。

千代さんが御近所の子供達と山遊びで服をボロボロにして帰ってきた時、母は「まぁたこの子は！」と叱りながらも末娘の元気な様子が嬉しいのか笑っていたという。

大急ぎで母が姉達のお下がりから仕立て直した服を着た千代さんは、それからよく一人で遊ぶようになったという。

軒先にしゃがみ込んで地面にお絵描きをしたり、お手玉やおはじきをしていたり、御近所の友達連中が誘いに来ても「行かなーい」と言って一人で遊んでいた。

そんな様子に年の離れた長女は心配になって目をかけるようにしていた。

やがて千代さんが遊びながらブツブツと言っているのを見つけて、注意深く観察するようになった。

心の病など知りもしない長女は全く別の可能性、すなわち千代さんが何かに憑かれたか、はたまたお稲荷さんの祟りでも受けたかと真剣に心配をして、物陰に隠れて千代さんの一人遊びを観察していた。


「ちょっと邪魔しないで」

「今日ね、お母さんがお芋の甘いやつ作ってくれるって」

「私がお母さん役だから、お姉ちゃんはお父さんやって」

誰もいない状況で誰かに話しかけている千代さんが発した『お姉ちゃん』という言葉に長女は背筋が寒くなった。

彼女達姉妹には、かつて亡くなった『本当の長女』がいたことを彼女は知っていたが、千代さんは知らないはずだった。

大きくなった母のお腹に向かって喋りかけ、やがて生まれてくる妹か弟を心待ちにしていた彼女達兄弟姉妹の最年長。

長女ですらギリギリ記憶しているその姉のことは、両親の悲しみが癒えていないのか話題に上ることはなかったが、時折両親が揃って手を合わせているのを長女は知っていた。

「一人で何をしているの？」

恐る恐る長女は千代さんに問いかけた。

千代さんは答えない。

手にしていたお手玉を放り出して地面に何事かを描き始めた。

見ているとそれはどうやら彼女達家族のようだった。

ちゃぶ台と思しき○が描かれており、その周りに女と男の描き分けがされただけのシンプルな人間が描かれていく。

父親がいて、母親がいて、長男、次男、長女、三男と続いていくはずのその絵には、なぜか母親の次に女の絵が描かれている。

そして現在の家族には一人多い一家団欒の絵が完成し、千代さんは長女を見上げてにっこりと笑った。

間違いない。

千代さんは亡くなった『本当の長女』の霊と遊んでいるのだ。

長女はすぐさま家へ駆け入り母親に事情を説明した。

母親は軒先で一人遊びをする千代さんの様子を眺めてからその場でへたり込んで泣き始めた。

「あれはセイちゃんの服だからねえ」

そう言ってしばらく泣いた母親は、一人遊びする千代さんのそばにしゃがみ込んで千代さんとその周辺を眺めていた。

それから母親は毎日千代さんと軒先で遊ぶようになり、やがて意を決したのか、千代さんのために新しい服を仕立ててやってから『本当の長女』の服で仕立てたものをお寺へと納めてきたという。

以来、以前のように御近所の子供達と遊ぶようになった千代さんは、軒先で遊んでくれた年上の誰かとの記憶を今でも大切にしており、息子にも何度となく話して聞かせてくれたという。

「あんたの母ちゃんはあと一歩のところであの世に連れて行かれてたかもしれないねえ」

伯母である長女や祖母はそう言って笑ったということだ。

それお父さんなんよ

夜行列車

ひと組のご夫婦の話を書く。

神谷という介護職の男性から聞いた話である。


旦那さんが亡くなったのは夏の本番を控えた季節。

場所は首都圏から日帰りできる距離にある、とある山の中だった。

神谷はそのご夫婦とは付き合いが長く、まだご夫婦共に介護の必要もなく元気に山登りをしていた頃に知り合っていた。

介護職のかたわら整復師としても活躍していた彼は、診察に訪れた旦那さんの足のリハビリを担当したことがきっかけで、その後も長く続く付き合いをするようになり、果てはご夫婦の最期の三年間を共にすることになった。

元気であった頃のご夫婦は共に山登りが趣味で、二人で早朝に出掛けて行っては日帰り登山をしたり、地方の山に登るために泊まりがけで旅行に行くこともあった。

山で足を怪我した旦那さんが初めて彼の接骨院を訪れて以来、リハビリの間ずっと登山の話を聞かされた。元は漁師だったという彼は山がいかに素晴らしいか、自分に付き合って登山を始めてくれた妻がいかに良くできた妻であるかを自慢していた。

「海はもう飽きたからよお」

海しか知らなかった旦那さんにとって山は未知と初体験の宝庫であり、誰が建てたかわからない小さな祠を見つけては手を合わせて、子供や孫達の幸せを祈るようになったという。

荒っぽい海の男が山の自然と信仰心に目覚めたということかと思って聞いていると、

「祠の中には何が入ってんだろな」

とバチ当たりなことを言うこともあった。


診察に付き添っている奥さんからも登山の話やお子さんお孫さんの話を聞かせてもらい、彼とご夫婦は短期間ながらも長年来の友人であるかのような関係を築いていった。


そんな彼にご夫婦から往診の依頼が来た。

日帰り登山で奥様が足を怪我したのだという。

かなりの大怪我で直ちに入院となり、自宅での療養に切り替えてからは彼のサポートのもとでリハビリをすることになった。

怪我をしていても元気で快活なご夫婦は彼の訪問を歓迎し、往診に伺うたびにお茶やお菓子で彼をもてなしてくれた。

「お父さんね、やっぱりちょっと寂しそうなのよ」

リハビリで足を動かしながら、奥さんは小声で彼にそう告げた。

自分が足を怪我したせいで旦那さんも山に行かなくなってしまい、それどころか家事の全てをやってくれている。

とても感謝しているが罪悪感のようなものも感じてしまい、モヤモヤするのだという。

やがて奥さんは旦那さんを山に送り出すようになった。

「申し訳ないけど山にはひとりで行ってきて」

と言うと旦那さんは最初こそ渋っていたものの、次第に落ち着きなくソワソワするようになり、一度ひとりで山に行ってからは以前の元気を取り戻したように明るくなった。

奥さんにも山のお土産を持って帰るようになり、山で見聞きしたことを面白おかしく語って聞かせてくれた。

ある日奥さんから彼の元に電話があり、

「申し訳ないがしばらく娘のところでお世話になるから、少しの間、訪問は控えてほしい」

とのことだった。

程なく往診再開の依頼を受けた彼は久しぶりにご夫婦の自宅を訪ねた。

門前に立ち呼び鈴を鳴らす。

反応がない。

幾許か後、カチリと鍵を開ける音がして、開いた扉から奥さんが顔を出した。

どうもと挨拶をして、足を引きずる奥さんの後に続いて自宅に上がらせてもらう。

リビングに置いてある仏壇に違和感を抱いて目を向けると、普段は無いはずの果物や手紙などのお供物が供えてあった。

そして旦那さんの写真が小さな写真立てに飾られていた。

「…………」

そういうことかと納得してお悔やみを述べ、奥さんの案内に従ってテーブルにつく。

いつものようにお茶とお菓子が出されるが、弱々しい奥さんの様子に胸が痛む。

介護の仕事をしていると、伴侶との別れに消沈する患者さんに遭遇するのは珍しくない。

このご夫婦のように元気だった方が一転して、ということもままある。

それでも彼は心から旦那さんの死を悼《いた》み、リハビリをしながら奥さんの話を聞いていた。

往診を再開してから弱々しく旦那さんとの思い出や亡くなった際の状況を語っていた奥さんだったが、ひと月もする頃には旦那さんの話は全くせず、足が痛い、これじゃ山なんか歩けないね、とこぼすようになった。

彼は奥さんのネガティブな言葉に対して、迂闊に同意せず励ましながらリハビリをサポートし続けた。

思い出と共に奥さんが語った旦那さんの最期の様子に、彼は奥さんの消沈ぶりも仕方ないと思っていた。

旦那さんはいつものようにひとりで山に向かい、予定の日程が過ぎても帰ってこなかった。往診が中止になっていた時期は、奥さんが家族に相談して警察に捜索を要請するなどしていたために、家族が集まって生活していたとのことだった。

そうして発見された旦那さんは山中で転落した状態で亡くなっていた。損傷が激しくそのまま司法解剖に回された。

転落した際の怪我が原因で亡くなったものの、発見されるまでにかなりの時間が経ったために損傷が酷くなったということらしい。

検死に回される段階で衣類などは戻ってくることはないそうだが、転落時に体とリュックの間に挟まるように引っかけていた上着は着用しているわけではなかったので、紆余曲折の末に奥さんの元に戻ってきた。

そしてリュックとその中身も遺品として警察から戻されたという。

その日も彼はリビングで奥様の足の曲げ伸ばしをサポートしていた。

彼同様に頻繁に来訪しているヘルパーの女性が寝室の襖を開けると、微かに嫌な匂いが漂ってきた。そのまま部屋に入って片付けや洗濯物の回収を始めるヘルパーは慣れたものなのか、気にする様子はない。

リハビリを続けていたら、突然奥さんが大声を上げた。

「だめ！　それは洗っちゃだめ！」

ここ最近の消沈ぶりからはとても信じられない、これまでに見たこともないほどの剣幕で叫ぶ奥さんの様子にヘルパーはたじろいでいる。

なおも怒声のような調子で「洗うな」と繰り返す奥さんに、見かねた彼は宥めるように声を掛けた。

「よかれと思ってやったことですよ」

彼の言葉に安心したのかヘルパーが近寄ってきた。

「そうそう。綺麗にしようと思ったんですよ」

と笑顔を作るヘルパーに、今度は懇願するように奥さんが両手を伸ばした。

「それお父さんなんよ。それ、お父さんなんよ」

ヘルパーが手に取っていたのは寝室のハンガーラックに掛けてあった旦那さんの上着だった。

あちこち汚れていて臭いも酷い、旦那さんが亡くなった時にリュックに引っ掛けていたために戻ってきた遺品。

今まで寝室に入ることがなかった神谷は初めてその上着を見た。

土汚れの他にも点々と赤黒い血の跡や体液と思しき黒ずみがそのまま残っている。

それら『旦那さんだったもの』が臭いの元であるらしく、手にしたヘルパーもその異様さと臭いに顔を歪ませている。

他の衣類の中から引き出されたことでその上着から漂う腐臭は家中に漂い始めた。

ヘルパーから上着をひったくり、胸の前で掻き抱いた奥さんはブツブツと何事かを呟き始めた。神谷やヘルパーの言葉にも反応しなくなってしまったので、その日のリハビリは終了して彼は家を出たという。


それからは往診に行くのが憂鬱になっていった。

洗濯されそうになってからというもの、奥さんはその上着をいつでも目に入れておけるよう、仏壇の横に掛けていた。

往診に伺った際に真っ先に窓を開けて換気しても、ヘルパーが消臭剤をいくつも設置しても効果がなく、部屋の中はいつでも旦那さんの腐臭で満ちていた。

奥さんがいくら旦那さんを思っていたとしても、人間は物理的に臭いを感じてしまう。

それが原因かのように奥さんは次第に食事をしなくなっていったという。

そして神谷は気にしないようにしていたが、どうしても目を背けていられない事態が起きていく。

仏壇の横に掛けられている旦那さんの上着。

点々と染みついていた赤黒いもの、黒ずんだ何か、それらが日を追うごとにジワリと滲んで広がり、やがてその染み周辺が湿り気を帯び始めた。

奥さんやヘルパーが何かしているのかとも思ったが、ヘルパーに問い合わせても何も知らないという。

逆にヘルパーは彼が何かしているのではと思っていたようで、二人の観察においても奥さんが何かをしている素振りはなかった。

臭いは日に日に酷くなっていく。

あまりに異様な状況を気味悪がってヘルパーは配置換えを申し出たが、人員の関係上すぐには交代できないと嘆いていた。

そんな状況が続いたある時、リハビリを手伝っている神谷の耳がピチャリという音を聞いた。

初めは気にならなかったが、ピチャリピチャリと断続的に続く音が気にさわって目を向けると、旦那さんの上着から赤黒い雫が垂れていたという。

奥さんは目の前でリハビリを受けていて、この時間にヘルパーはおらず彼しか動ける人間はいない。

ピチャリ……ピチャリ……。

当初は点々とついていた染みはすっかり広がり、手のひらほどの大きさの赤や黒のまだら模様となっていた。

それらは今や湿り気を帯び、腐臭を撒き散らしながらピチャリピチャリと床に滴っている。

吐き気をこらえて上着から目を背ける。

幸いにもその日の往診終了の時刻が迫っていたために早めに切り上げ、飛び出すように家を出た。

次の診療に行くのが心底嫌になっていた彼の元に数日後、奥さんの娘から連絡が入った。

母が亡くなったので往診はもう結構ということだった。

四十九日が終わった頃に再び娘から連絡が来て、未払いの料金などの確認も踏まえて一度会うことになった。

長年の往診の感謝と共に娘は母親の最期の様子を彼に語って聞かせた。

娘の仕事が休みだったためにヘルパーを頼まず自身で世話をするために母親の元へ向かった。

鍵を開けて中へ入ると、布団の上で母親が死んでいた。

父親の遺品である上着を羽織って、猛烈な腐臭に包まれていた。


彼は自分が見た異様な体験を娘に話すことはなかった。

異様な死に様に関しても「きっとお父さんのことが大好きだったんだと思います」と語る娘に黙って頷いた。

結局のところあの終わり方がなんだったのか神谷にもわからない。

旦那さんが奥さんを連れていったようにも見えるし、奥さんが最後まで旦那さんと添い遂げたようにも見える。

ただ腐臭漂う家の中で、だんだんと食事をすることをやめていった奥さんの最後の日々に、心安らかであったとはとても言えないと彼は語った。

頑張り屋のトモちゃん

夜行列車

「言えないわよそんなこと。それを知ったらトモちゃんあのババアを許さないでしょう」

染物屋の奥様が、集まった茶飲み友達に話しているのを彼は聞いていた。

場所は彼の祖母の家。

お婆ちゃん子だった彼は小学校が終わるとよく祖母の家で祖母の話し相手をして過ごしていた。

祖父を亡くした祖母を気づかって近所の婦人達も毎日のように集まり、祖母の家は地域の社交場のようになっていたという。

集まる婦人達は祖母と同年代か少し下の世代、すでに子育てを終え家計の主導権も息子世代に譲った暇な婦人達は、さながら地域のご意見番を気取ってあちらの家庭やこちらの夫婦問題を肴にお茶を嗜むのが常だった。

彼の母や叔母達は祖母世代の圧力を嫌って近寄らないものの、彼は祖母にも婦人達にも可愛がられ毎日のように祖母の家へと通っていた。

そこで語られることは小学生の彼には理解できないことが多く、それゆえに祖母達の舌も滑らかでどこそこの家庭での内情を隠すことなく語っていた。

その日の話題は地域でも頑張り屋で有名な知子さんについてだった。

知子さんとは地域でも有名なスポーツ特待生になる息子を持つ母親で、数年前に旦那さんを事故で亡くした可哀想な人だった。

病気で寝たきりとなった義母を懸命に介護しながら、朝から夕方までアルバイトをして夜は料亭での本職をこなしてなんとか三人分の生活費を工面していたという。

哀れに思った御近所がわずかな支援をして面倒を見ていなければ、とっくの昔に体を壊していただろう知子さんは、生活保護を勧める声にも耳を貸さず懸命に働き続けた。

当時はまだ「生活保護は恥だ」という考え方をする人間も多く、知子さんも頑なに自分の稼ぎで義母と息子を養うことを譲らなかった。

息子を溺愛するあまり知子さんとの結婚を反対していた義母だったが、息子が急死してからも懸命に尽くす知子さんの様子に次第に絆されていったようで、さらには病気を得てほぼ寝たきりの生活を余儀なくされてからは知子さんに感謝をするまでになっていた。

昼間アルバイトをしながら仕事の合間に義母の様子を見に帰り、アルバイトから料亭へと切り替える隙間に夕食を作って家事もする。

そんな知子さんのことを御近所総出で見守り、息子も母の努力に報いるために学校での学びを極めていった。

爪に火を灯すような生活を送る知子さんに、染物屋の奥様が話を持ちかけた。
「あんたが義母から譲り受けた着物は高価なものが多いから、洗い張りして反物に戻して売ればば生活はかなり楽になるだろうよ」

洗い張りとは着物をバラして反物に戻してから洗濯などをして反物を甦らせる作業で、新たに仕立てずそのまま売ってしまえという提案だった。

結婚後に義母から譲られた着物に知子さんは袖を通すことはせず、「いつか息子の嫁に譲る」と言って箪笥の奥に仕舞っていた。

ギリギリの状態で生活費を工面していたものの、突発的に発生する資金繰りに心を悩ませていた知子さんは、染物屋の奥様の言葉を聞き入れて何着かの着物を奥様に預けた。

結果、奥様の言う通りかなりの高値で売れたようで一時的にせよ生活はかなり楽になったという。

これがきっかけで家計が助かったと同時に、知子さんの運気も上昇していく。

働いていた料亭の女将が引退することで人事が変更になり、知子さんも出世して給与が上がった。

持病のようについて回っていた倦怠感と痛みが和らぎ、顔色も良くなっていった。

染物屋の奥様が再度囁く。

「あんたが貰った着物なんて古臭くてとてもじゃないが息子の嫁には譲れないよ。うちで洗い張りして売ってあげるから全部出しちゃいなさい」

地域でも商売上手として名の通った奥様の言うことなので、御近所からは「守銭奴に騙されちゃならん」と止められたものの、結局数年のうちに知子さんは着物をほとんど売り払ってしまった。

ろくに口も利けなくなった義母への遠慮もこの頃には無くなっていたのだろう。

着物を手放すにつれて知子さんの運気はどんどん上がっていった。

息子が運動で結果を出して特待生として高校に通えるようになった。

息子としても懸命に働く母のために必死で頑張っていた。

高校の学費問題が一気に解消したことで知子さんは目に見えて明るくなり、それまで以上に献身的に義母の世話をするようになった。

「あの鬼ババア。着物の襟に呪いの札を仕込んでいたのよ」

彼が祖母の家で聞き耳を立てる側で、染物屋の奥様が茶飲み仲間である祖母達にこぼしていた。

「びっくりしたわよ。洗い張りしてたら気持ちの悪い護符みたいなのが襟の下から出てくるんだもの」

彼に聞こえないようにだろうか、声を潜めて続ける。

「それ全部にトモちゃんの名前が書いてあるのよ。あの鬼ババアはトモちゃんのこと殺そうとしてたのね」

婦人達のどよめきが広がる中で、彼は必死に頭を働かせて奥様の言葉を理解しようと努めた。

「言えないわよそんなこと。それを知ったらトモちゃんあのババアを許さないでしょう」

恐ろしい、とは思わなかった。

「ま、残ってる着物全部処分したらトモちゃんだって楽になるでしょ」

彼は奥様が語る禍々しい言葉にワクワクしていた。

「お寺さんに調べてもらったら、長く苦しめるためのお札みたいなことを言ってたわ。皮肉なものよね」

奥様はここで楽しそうな口調になったという。

「息子さんを死なせちゃって自分は寝たきりになっちゃって、トモちゃんを苦しめるために自分達がそんな目に遭ってちゃ世話ないわ」

そう言って笑った。

ある時、知子さんは残っていた着物の全てを染物屋に持ち込んだ。

晴れやかな顔だったという。

息子が入学した高校の縁で後妻を探している資産家と出会い再婚もした。

寝たきりの義母を一人残して資産家の元へと息子ともども引っ越していったという。

現代でいうところのヘルパーを雇って義母の世話をさせていたが、一人では起き上がることもできない義母にも拘らず、ヘルパーが来るのは一日に数時間だけ。

たまに綺麗な身なりをした知子さんがやってきて三十分ほど滞在し、鬼の形相で家から出てくるのを御近所が見ていた。

知ってしまったのだ、と彼は思った。

祖母の家にいた誰かが知子さんに知らせたのだろう。

あるいは全員がそうしたかもしれない。

言えないわよなんて言っていた奥様自身がそうしたのかもしれない。

いずれにせよ知子さんはもう全てを知っている。

そうして義母は生かされながら、命が尽きるまで知子さんの復讐に苦しむのだろう。


「それにしても」

ある時また奥様が言った。

「トモちゃんの守りは相当強いんだと思うわ。あの子の坊ちゃんも守られてる」

彼はスポーツ特待生として地域の星になった知子さんの息子のことを思い起こした。

まさに万能の優等生である先輩は、高校でとあるスポーツの花形選手として活躍し、その後プロになっている。

知子さんの義母はその後何年も一人で生きて、やがて哀れなヘルパーが遺体を見つけたという。

束ね熨斗《のし》

しのはら史絵

梨央さんは、自分の本当の母親は、別の人であると考えている。

「私、口元にほくろがあるでしょ？　これが証拠だって。だから、みんなが違うっていうの」

と、彼女は微笑む。

梨央さんがいう本物の母親の名は、〈いりえじゅんこ〉。

名前が分かったのは、彼女が小学一年生のとき。七五三用に仕立てられた赤色鮮やかな束ね熨斗柄の着物を見た瞬間、その女性の名前がすぐに頭に浮かんだ。

そして同時に、ああ、やっぱりあの人が私の本当のお母さんなんだ、と直感したという。

「戸籍上の母親が、着物を見てとても喜んでいたわ。友達が自分で持っていた振り袖で、仕立て直してくれたって。私がその友達の名前は〈いりえじゅんこ〉って訊いたら、とても驚いていたの。教えてもいないのに、フルネームで当てたからだと思う」

当時、同じ公営住宅に住んでいたその友達のことを、母親は「じゅんちゃん」と呼んでいた。どの階に住んでいたのか、梨央さんは知らない。ただ、彼女がもっと幼い頃から母親がよく団地の前で〈いりえじゅんこ〉と、仲良くおしゃべりをしていたことは覚えている。

その場面に居合わせていた梨央さんは、奇妙なことに〈いりえじゅんこ〉がどんな顔をしていたのか認識していなかったそうだ。

否、分からなかったという表現が正しい。

母親と談笑している〈いりえじゅんこ〉の顔の真ん中には、ぽっかりと大きな穴が空いていた。目も鼻も口もない女性を見て最初こそは驚いたが、怖いという感覚はまるでなかったという。

いつ会ってもその女性は「可愛い可愛い」と、梨央さんの頭を優しく撫でてくれ、お菓子もくれた。そして、会うたびに何処か懐かしい白粉《おしろい》のような甘い香りを漂わせていたのだ。

「他の人も彼女を見て驚いてなかったから、私だけがそう見えてたんだと思う。私ね、物心が付く頃から、変なモノをしょっちゅう見ていたんだよね」

頭が巨大で身体はぺらぺらの男の子。血だらけの赤子を抱いて歩く、眼球が真っ白な僧侶。スーツを着たサラリーマン風の男は、長い舌をだらりと伸ばし首に巻き付けていた。

枚挙に暇がないほど、おかしなモノに遭遇する彼女であったが、〈いりえじゅんこ〉と会うときとは違い、それらは皆、恐怖の対象であった。

「でもね、私が震えて動けなくなったとき、必ず白粉の香りがするの。その香りがしたら、あいつらすーって消えちゃうんだから」

団地の前で、黒い影だけの人間の形をしたモノに追いかけられたときは、いつの間にか傍に来ていた〈いりえじゅんこ〉が目の前に立ち、追い払ってくれた。その後、大泣きしている彼女をぎゅっと抱きしめ「大丈夫よ」と、泣き止むまで頭を撫でてくれたのだ。

以来、梨央さんは〈いりえじゅんこ〉に対して、絶対の信頼を置いていた。

両親に怖いモノを見たと訴えても、二人とも「気のせいだ」と取り合ってくれない。そればかりか、「他所でそんなことを口にしないで」と、禁止されたりもした。

でも、あの女性だけは、自分の怖い思いを分かってくれる。

〈いりえじゅんこ〉が、自分の実の母親で間違いない――。

七五三用の着物を見て、名前まで分かったのだ。幼心にも、梨央さんは運命的なものを感じていた。

戸籍上の母親とは、仲が悪かった訳ではないが、会話も少なく何処かよそよそしい間柄であった。当時、母はそれなりの愛情を持って接してくれていたとは思う。それでも、彼女は母親のことを心から信用していなかったそうだ。

子供の頃の梨央さんは何故そう思うのか、理由は分からなかった。

その日の夜。

嬉しさで胸が一杯になっていた梨央さんは、夕餉《ゆうげ》が終わると父親にだけこっそりと胸の内を打ち明けた。本当のお母さんを見つけたと、名前まで教えた。

だが、当然父親は驚いて否定する。

「梨央の母親はうちにいるお母さんだけだよ。そもそもその〈いりえじゅんこ〉って誰なんだ？」

「家にいるお母さんのお友達だよ」

「お友達をどうして、母親だと思うの？」

彼女は〈いりえじゅんこ〉が仕立て直してくれた着物を見て直感したこと、名前まで頭に浮かんだことを嬉々として話した。

その話を聞いた父親は一笑に付し、戸棚に置いてあったアルバムを持ち出してきた。そして、アルバムを捲りながら、写真を一枚一枚、彼女に見せ説明をし始めた。

「ほら、これは産院で梨央を産んだばかりのお母さんだよ。まだ、赤ちゃんの梨央を抱っこしてるだろ？　口元にもお前と同じほくろが付いてる。間違いなく、うちのお母さんが本物の母親だ」

確かに自分が写っているどの写真を見ても、口元にほくろがある。それでも彼女は、自分の言い分を分かってくれない父親に苛立ちを覚えた。

「違うもん！」

父親を納得させようとしたが、子供だからか上手い言葉が見つからない。そうこうしている内に、梨央さんは癇癪《かんしゃく》を起こし、泣き出してしまった。

「ほらほら、泣いてもしょうがないじゃない」

梨央さんが泣き出した途端、母親が襖を開けて入ってきた。

「いや、梨央が本当のお母さんは、別にいるって言ってさ」

この状況を、説明しようとしていた父親を母親は手で制した。あの頃、住んでいた公営住宅は間取りが狭く、父と娘の会話は母親に聞こえていたのだ。

「じゅんちゃんの話でしょ？　ここに住んでる友達よ。前に話したじゃない」

「ああ、あの子供がいない夫婦の」

「そうそう。子供ができないからって、梨央のことを可愛がってくれてるのよ。それでこの子、勘違いしてるんだわ」

母親はそういうと梨央さんを風呂に入るよう促し、部屋から出ていった。

その後、梨央さんは両親に、この話を徐々にしなくなった。話をしても信じてはくれない。更に少しでも〈いりえじゅんこ〉の話を持ち出すと、母親の機嫌が悪くなるのだ。

また、時間が経つに連れ、梨央さんも冷静になっていった。

彼女もアルバムの中の写真は、度々見ていた。赤ちゃんの頃の顔は真っ赤で、本当に自分なのか釈然としない気持ちもあったが、口元のほくろは変わらない。加えて、一人娘ということもあり、カメラ好きの父親が何かに付け写真を撮っていた。赤ちゃんの顔から今の顔に至るまでの過程も、手に取るようにありありと分かる。

では何故、着物を見ただけで母親であると直感し、フルネームまで分かったのか――。

何度考えても、子供の梨央さんには見当も付かなかったそうだ。

日常生活にも変化があった。

癇癪を起こして泣いた次の日から、暫く〈いりえじゅんこ〉と出会わなくなった。

一日、二日、三日、四日経っても、会えなかった。学校の帰りなど、〈いりえじゅんこ〉が団地の敷地内にいるのではないかと探してみたが、結局会えずじまいであった。

その間、怖いモノは見ていたが、白粉の匂いは必ずしていたという。近くで変わらず見守っていてくれていたとは感じるが、その分、会えない寂しさは募っていった。

「あのときのことは、今でもよく覚えているの。前から毎日顔を合わせてた訳じゃないけど、四日も会えなかったことはなかったから――」

件の女性と出会わなくなってから五日目。

その日は習字の習い事があり、学校から一旦帰宅してから道具を準備しまた家を出た。向かう途中、団地の敷地内から出ると、女の人が立っていた。

〈いりえじゅんこ〉だった。

顔の真ん中はぽっかりと穴が空いていたが、梨央さん曰く、悲しそうな顔で立ち尽くしていたという。

「どうしたの？」と心配して駆け寄る梨央さんを、〈いりえじゅんこ〉は力強く抱きしめてきた。

「元気でね」

「……おばちゃん、何処かに行っちゃうの？」

彼女がそう訊くと、〈いりえじゅんこ〉は黙って頷いた。

突然の別れに動揺した梨央さんは、それ以上何も訊けずに、去っていく〈いりえじゅんこ〉

を、ただただ見送ることしかできなかったそうだ。

「それが、本当の母親と会った最後だったの。何処かに引っ越したんだと思う。でもね、変わらず私のことを守ってくれたんだよ。多分、あの着物はお守り代わりとして、仕立て直してくれたんだ。あの着物があったから、凄く厭なことを知っても生きてこられたんだよね……本当なら、死んでたんだよ、私――」

七歳になった梨央さんは、〈いりえじゅんこ〉から貰った着物を着て、七五三も無事に終えた。

それから瞬く間に月日は流れ、彼女が高校生になった春。

その頃は梨央さん一家も、とうに公営住宅を出て一軒家に住んでいた。

が、マイホームを手に入れたとしても、幸せな家族でいられるかは別問題だ。

家をローンで購入した際、母親も働きに出るようになった。父親もお金を稼ぐため、残業時間が増えていた。不動産屋にそそのかされ、無理な返済計画を立てたせいで、家族全員で過ごす時間は減っていった。

十年以上ブランクがあった母親は、慣れない仕事と家事に追われ、次第に苛立つことが増えていき、毎晩のように父親と口喧嘩を繰り広げていた。

梨央さんの家庭は徐々に崩壊していき、先に家を出たのは父親だった。

「別居して離婚の話が出ていたの。その頃から母親が、毎晩浴びるようにお酒を飲むようになってね。家も売ることが決まって、いよいよ離婚するってときに――」

親権の話が出た。彼女は両親から「梨央がどちらに行きたいか決めていい」と言われていた。

彼女なりに、答えを出したある日の晩。

その日は部活が長引き、帰宅時間がいつもよりも遅かったという。

自室に鞄を置き、着替えてリビングに行った。夕餉の匂いがしない冷え冷えとした空間。床にまで転がっている酒瓶。テーブルには、酷く酒に酔った母親が突っ伏していた。

「……あんたぁ、結局どっちに付くのよう？」

眠っているとばかり思っていた母が急に顔を上げ、呂律《ろれつ》が回らぬ口調で梨央さんに訊いてきた。

「……お父さんと一緒に住むよ」

返答を聞いた母親はふふっと笑った。

「やっぱりあんときぃ、殺しておけばよかったたぁ」


その日の夜、父親は出張で不在であった。狭い公営住宅の部屋の中で、生後半年の梨央さんは泣き止まず、母親は抱きかかえながら近所迷惑にならぬよう、懸命にあやしていたという。

身も心も疲れ果てていた。梨央さんはぐずりが多く、夜泣きも酷い子であった。仕事で多忙を極めていた夫には、育児のサポートは頼めない。自身の実家は遠距離にあり、加えて兄夫婦が同居をしている。義母とは結婚当初から折り合いが悪く、両家ともに助けを求められない状態だった。

寝不足の日々が続き正常な判断ができない中、一人で必死に子育てをしていたのだ。

産後うつという言葉すらない時代であったが、今から考えてみると母はその病気に罹《かか》っていたのかもしれない。

このまま倒れて死ねたら、どんなに楽だろうか。

——いや、この子さえいなければ。

心のバランスを欠いた母親は、大泣きしている我が子をソファーに寝かせた。そして浴室からタオルを持ってきて、泣きじゃくる娘の鼻と口の部分にそれを押し当てた。

泣き声から、うーうー、という唸り声に変わる。

もがく手足、顔は思っていたよりも早く赤くなった。

今止めれば、この子は死なずに済む。でも、自分ももう限界であった。

「ごめんね」と泣きながら、より一層力を込めた、そのとき。

ゴトッ。

前方から音がした。反射的に顔を上げる。白粉の匂いが鼻孔を突いた。

薄暗い部屋の奥には、人影が見えた。驚愕して赤子から手を離す。

「誰？」

思わず声を掛けたが、返答はない。

震えながら後ずさりすれば、人影はそれに対応するかのように近付いてくる。

顔がない、女だった。

目と鼻と口がなく、代わりにぽっかりと大きな穴が空いていた。

表情が分からない女であったが、母親に敵意を剥き出しにしていることは、不思議と分かったそうだ。

こいつは私を殺そうとしている。娘に手を掛けたからだ。

「それからのことは記憶にないのおぉ。目が覚めたら私は床に寝ていて、あんたはソファーですやすや寝てたからあ……でも、本当に怖かったのは、それからなのよう……事あるごとにあの女はぁ、あんたの後ろに出てきてぇ。言うことを聞かないあんたにぃ手を上げようとしたらぁ、あの女がいつも出てくるのよう……気持ち悪いのよ、あんたもあの女もぉう」

意外な自白であったが、梨央さんは妙に納得していた。

自分が母親と距離を取っていたこと。件の女性を母親だと感じとっていたこと。全てに於いて合点がいったのだ。

「可愛げがないあんたを、ここまで育ててきたのにぃ。あ、あんたまで私を捨てるのねぇ……ああ、また文句を言ってたら、あの女が出てくるかもぉ……変なモノが見えてたのは、あんただけじゃないのよう」

まだ、ぶつぶつと文句を言っている母親に、「〈いりえじゅんこ〉って覚えている？」と梨央さんは訊ねた。

母から貰った返事は、「それ、だあれ？」であった。

「戸籍上の母親は、すっかり忘れていたの。でも、それでちょっと安心した」

安心した理由は〈いりえじゅんこ〉と、顔がない女が同一人物だと気付いていないことだと、彼女は語った。

何故、赤ちゃんのときから〈いりえじゅんこ〉が守ってくれたのか、何故、顔の中央に大きな穴が空いた姿で出てくるのか、それは梨央さんにも分からない。ただ、彼女は今でも〈いりえじゅんこ〉から貰った着物を、大切に保管しているそうだ。

「怖いモノは時々見るけど着物のおかげか、そのたびに白粉の香りがして追い払ってくれるのよ」


余談であるが、〈いりえじゅんこ〉が贈ってくれた着物の柄——束ね熨斗には、人と人との縁が繋がるという意味もある。

赤子のときから梨央さんを守ってくれた〈いりえじゅんこ〉は、団地からいなくなった後も、彼女との縁が途切れぬようこの柄を選んだのかもしれない。

ただ、守り過ぎて、梨央さんと母親の縁を切ってしまった要因にもなったのではないかと、私は思うのだ。

物乾場《ぶっかんば》で見たもの

渡井 亘

Nさんが自衛隊に所属し始めて間もない、新隊員教育前期の話である。

Nさんは福岡の大規模な駐屯地で教育を受けていた。そこは六組二十四班百五十人近くの人数で、別の組の人間だと面識すら持たないのが普通という環境であった。

しかしNさんと違う組には彼の高校時代の同級生がおり、その繋がりで知り合った者も多かったため、様々な組に出入りする日々を送っていた。

そんなある日、自分の組の人間が真っ青な顔をして「物乾場（洗濯物を乾かす部屋）で幽霊を見た」と言い始めた。

言い出したのは普段から気の弱い性格の人物であったので、Nさんは最初、「何かおかしなことを言っているな」くらいにしか思っていなかった。

ところが、その彼とは接点のない、組も班も、泊まっている階層すら異なる複数の人間が口々に言うのだ。

「白い人影を見た」

「女の幽霊を見た」

「兵隊の幽霊を見た」

内容は人それぞれであったが、目撃した場所はいずれも同じ物乾場だという。交流の幅が広いNさんではあったが、与太と思って聞いた話を彼や誰かがあちこちで触れ回っていたということはなく、単なる噂にしては妙な広まり方であった。

怯えている隊員の中には筋骨隆々の頼もしい体型の者もおり、Nさんは「こういう人でも幽霊を怖がるのか」と意外に感じたそうである。

しかしNさん自身は霊感がなく、そうした騒ぎもどこか他人事で自分には関係がないだろうと思っていた。

それからしばらく経って、夜中尿意に目覚めたNさんがトイレで用を足し、手を洗っていた時のこと。

ふと顔を上げると、洗面鏡に映る彼の背後にある物乾場、その天井付近に浮遊する光の玉が見えた。あまりにもはっきりしていたため、鏡の汚れかとも思ったがそうではなく、それはかすかに動いている。

振り返れば、やはりそこにはぼんやりと発光する白い物体が浮かんでいた。Nさんたちの衣類が乾かしてあるその真上で、それらを見下ろすようにユラ、ユラと。それはホラー漫画や映画に出てくる人魂そのものだった。

Nさんは思わず人魂に向かってファイティングポーズを取り、それを視界から外さぬよう摺足で移動すると、そのまま後ろ向きに自室へ逃げ込んだ。そして他の霊現象体験者たちと同じように、震えて夜を明かしたという。

その後、所属する班の班長やその駐屯地に詳しい教育隊の者に話を聞いたのだが、「駐屯地にはほぼ確実にそういう話があるものなので、いちいち気にするな」ということで参考にならなかったらしい。それよりも、このような不可解な現象が珍しくもなんともない事実の方がどうかしていると思ったそうだ。

しかし、その後もいくつか異なる駐屯地に移る機会はあったのだが、心霊体験は結局その一回きりだったらしい。

素人の私が持っている僅かな知識として、自衛隊の衣服には貸与品として着回されていくものもあると聞く。話を聞きながら、もしかしたら人魂はかつて自分の着ていた物に引き寄せられてきたのではないか……などとセンチメンタルな憶測を立てたりもしたのだが。

「今思えば本当にしっかりと見えていたので、もし実体があったのならば殴りに行っておけば良かった」

そう、Nさんは勇ましく締めくくった。

海と狐

渡井亘

これはKさんの母方の祖父（以降Sさん）の故郷の話である。

九州某所のその土地は、長老役と呼ばれる年長者の相談役・調停役が存在しているような場所であった。だがそうした物々しい肩書きとは裏腹に、基本的に平和な田舎であったそうだ。

Sさんは、体力は当時の男子として平均的ながらも、幼少期より神童と呼ばれ大事にされていた。しかし当時の長男坊といえば、何処もそのような扱いだったそうで、Sさん自身は特に気にかけていなかったという。

時代的にも当然のことだが、Sさんには妹と弟がいた。妹は気が強い性格で頑固、弟は少々元気が有り余る鼻垂れ坊主であったとのことだ。それでも当時、小学三年生だったSさんにとっては最も身近で手軽な遊び相手であり、二人とはよく一緒に過ごしていたらしい。

とある夏の日、Sさんがいつもの如く弟と一緒に遊びに出かけた際、お気に入りの海辺へと続くあぜ道で知人の成人男性が向かいから歩いてきた。

知人といっても家の知り合いで、Sさん本人はさほど親しくもなかったのだが、すれ違いざまに声をかけてきたという。

「健やかに過ごしていて感心だ。体を冷やさないようにこれを羽織りなさい」

男性はそのような意味の言葉を方言交じりで話し、薄手の上着（半纏やちゃんちゃんこのような物）をSさんに羽織らせてきた。

Sさんはいつの間にか先に行ってしまった弟のことが気になっていたが、家外における客人への態度がそのまま家の評判にもなると子どもながらに理解していたため、男性には簡潔に謝意を伝えると、素直に上着を羽織ることにし、早々に弟がいる海辺へと急いだ。

弟はというと、Sさんと目が合っても別段上着の件を訊いてくることもなく、それよりも水遊びに夢中であった。Sさんもそれに続こうと海へ足を踏み入れたが、せっかく受け取った上着を濡らして汚してしまうのは申し訳ないと思い、いったん近くの岩場か小枝へ上着を預けておこうと、海から出てその場を後にした。

時間にして五分もかからない程度。たったそれだけ目を離した隙に、Sさんの弟は姿が見えなくなってしまっていた。

最初こそ、Sさんを驚かせようとふざけて隠れているのかと思ったそうだが、探せど探せど一向にその姿は見つけられず、大人の力を借りてようやく見つかった――水死体という形で。

Sさんの弟が荼毘に付される時、Sさんはせめて最期に何か良い物を送ってやりたいと、例の上着を一緒に棺に入れてやることにした。この上着を預ける場所を探しに行っていなければ、自分も弟と同じことになっていたのかもしれない。そういう意味では、彼にとって幸運の象徴でもあったのだろう。その際、最後に触れた生地の感触は、少々硬いようでその実手触りが柔らかく、ひんやりとしていたらしい。

自分が目を離さなければ――。Sさんの中にはひどい後悔が生まれ、その後、没するまでの八十年近く、彼は苦悩し続けることとなった。

それから幾日か後、奇妙なことがあった。

Sさんの住んでいた地域に古くからある神社が火災で焼け、その煙と火の粉の中、本殿の上で狐面を被った何者かが舞い踊っているのが目撃されたのだという。だが、焼け跡からは誰かの遺体が見つかることもなく、それが何だったのかは誰にも分からなかったそうだ。

――そんな事件が続いたものの、Sさん自身は大往生を迎えるまで何事もなく過ごせたのだという。

ただ、Sさんは弟を失ったのがとても大きな後悔となっていたことから、当時出た事故を伝える地方紙の記事の切り抜きをアルバムに貼り付け、自戒として取っておくほど気に病んでいたそうだ。

加えてSさんの息子を含め男の血縁者は三十~四十歳で唐突に死を迎えているという有り様で、もはやSさんについてKさん以上に詳しく知る人が残っていない状況なのだという。

そこまで聞いて、私は「Sさんの弟が亡くなった話と、神社で踊る何者かの話に何か関係が？」と疑問に思ったのだが、Kさんは「最後に一つだけ」という形で、彼自身の体験を付け加えてくれた。

Kさんが幼かった頃、ひと月以上も碌に食事が取れないほどの熱病で命が危なかった時期があった。

その際に夢の中で『海辺の洞窟の奥にある赤い祠と、その先に鎮座する白く大きな狐』に遭遇した記憶があるのだという。だが、それは祖父であるSさんに纏わる奇妙な話を知る前のことだった。

海、そして狐。

後にSさんから前述の話を聞いた際には、夢の風景を思い出し、強い因縁を感じたという。

今、Kさんは二十代半ば。自身もSさんから連なる男系の子孫であるからには、三十歳を超えて以降、何かのきっかけで突然の死を迎えてしまうのだろうか……。

そんな不安と恐怖を拭えないでいる。

遺品のシャツ

渡井亘

怪談収集を趣味としているSさんが知人のA氏から聞いた話。

十年以上前、A氏は社会人一年目のサラリーマンだった。

彼は学生時代から浪費癖があったせいか、常に懐事情が厳しく、スーツ一式を揃えるのもギリギリの生活だったという。

そんなA氏の元に一本の連絡が入る。内容は、A氏より先に高卒で社会人となっていたB氏の訃報だった。自殺だったそうだ。

B氏とは直近でも会って話す仲であったため、突然のことにA氏は事実を受け止められなかったという。

B氏の家族は高齢の祖母一人だけで、彼自身は物を捨てられない性格だったせいか、やたらと遺品が多かったらしい。そこでB氏と最も交流があったA氏が遺品整理を引き受けることになった。

作業は淡々と進み、衣類の整理に取りかかった時だった。

何枚もあるワイシャツのうち、一枚だけあまり着られていなさそうな綺麗な物があった。A氏は先日誤ってシャツを汚してしまい、しかもそこそこにくたびれていたので買い替えようと思っていたところで、これを貰えないかと思った。金銭面で苦労しているが故、出費は少しでも減らせたらと考えたのである。

A氏は遺品整理が終わった後、B氏の祖母の了承を得てそのシャツを持ち帰り、早速次回の出勤日に着ていくことにした。

しかし、そのシャツを着ていった日に限って異変が起こるようになった。

まず、シャツを着ている日は異様に体が重く、気持ちが沈んでしまう。自他ともに認める明るい性格のA氏だったが、件のシャツを着ている日に限っては心身ともに全くダメになり、仕事に支障をきたすようになってしまったのだ。

次に、仕事の昼休憩の時間に職場の休憩室で仮眠を取っていると、毎回のように悪夢を見た。内容は顔も見たことのない上司と思しき人物に怒鳴られているものだったが、その対象はどうやらA氏ではないようだった。夢の中で上司にひたすら頭を下げる『自分』の声は、A氏のものではない。しかし、ノイズが混じったような声で誰か分からない。聞き覚えはあるのだが、どうしても思い出せなかったのである。

最後に、家に帰ると、今度は怪我をしていないのに右手首が痛み出した。一晩寝ると朝には治まっているのだが、やはりそのシャツを着た日に起きるので、これも不思議だったという。

別のシャツを着た日にはこれといって何も起きないことから、明らかにB氏の部屋にあったシャツが原因だろうと思い、もはやお金に余裕がないなどと言っていられず、新しい物を買うことに決めた。

そして案の定、B氏の遺品のシャツを押し入れの奥に仕舞い込んで以来、A氏に起きていた怪現象は鳴りを潜めた。

それから数年後、A氏は偶然にもB氏と同じ会社に勤めていた方と知り合い、当時のB氏の様子を尋ねてみた。

すると、B氏はいつまで経っても仕事でのミスが多く、上司から度々詰められていたことが分かった。

A氏が休日にB氏と会う時はそんな素振りは一切なかったそうだが、見えないところで辛い思いをしていたのかもしれない。

右手首にリストカットの痕があるのも目撃されており、あの現象はそういうことだったのかとA氏は納得した。上司に夢で責められていたのはB氏だったのだ。

後日A氏が例のシャツを押し入れから引っ張り出してきてその方に見せてみると、見覚えがあったのか「B氏が着ていた物だ」と言い切った。彼がうつ病で休職する直前に着ており、このタイミングで新品を買ったのか？　と、疑問に思っていたので印象に残っていたらしい。

A氏は処分するのが何となく忍びなくて、自宅の押し入れには現在でもそのシャツが眠っているとのこと。

綺麗な見た目なのに、生前に最も病んでいた時の感情が目には見えない染みとなって、あのようなシャツに沁み込んでいたのかもしれない……A氏の一連の話を聞いて、Sさんはそう感じたそうだ。

Tシャツに纏わる幾つかの話

高田公太

メッセージ

東堂君は渋谷の人混みを歩いている中、間近ですれちがった女性の白いTシャツの柄をよく覚えている。

東堂
だけに
見えている

横書き三行でそう書いてあったのだ。
東堂君は流石に奇遇の域を超えていることに戸惑い、女の姿を追って振り返った。
雑踏と青に変わった信号の電子音だけがそこにあった。

バザー

陽子さんが大学生だった頃の話。
近所の喫茶店の店長夫婦が常連客を誘ってバザーを開催した。

会場は町内会館。やる気がある近所の何世帯かが出店し、それぞれが要らなくなった日用品や本などを売りに出していた。

同じく喫茶店の常連だった陽子さんは、貧乏学生にとってこれは嬉しい催しだと、勇んで当日の会館に赴いた。

目当ては服。お洒落さは要らない。大事にしなくてもいい、思い入れ皆無の捨てやすい部屋着が欲しかったので、このバザーは自分の需要にいかにも合っている予感がした。

会館は小学校の体育館のような造りで、五世帯程がビニールシートを適当に敷いて自分達のテリトリーをアピールする、まことに慎ましいバザーだった。客は十人と少し。見知った顔がちらほらあり談笑も盛り上がっていたため、寂しいムードはなかった。陽子さんは会話の輪には入らず、とりあえずぐるりと品揃えの様子を見て回った。とにかく何でもかんでもが安いことに間違いなかったが、雑貨ばかりで欲しくなるものも少ない。とはいえ、入り口近くの出店者が出す段ボールに添えられた惹句《じゃっく》には相当にそそられるものがあった。

【Tシャツ　どれでも百円！】

横長の段ボールの中には折り畳むことを諦められたTシャツがぎゅうぎゅうに詰まっている。これはいかにも自分が求めていたものだ。柄などどうでもいい。サイズさえ合ったら何枚でも欲しいくらいだと一枚を手に取ると、若干大きいが部屋着で活用するには困らなさそうなサイズだと分かった。

段ボールの前でしゃがみ込み、掴んでは矯《た》めつ眇めつしては戻したり傍に置いたりしていると、段ボールの奥のほうからひょいと年配の男性の顔が覗き、目が合った。

最近見ないが、少し前までは町内のスーパーでしばしば見かけた老人の顔だとすぐに気が付いた。

何で、ここに顔が？

と素直に思った数秒後に尻餅を突いた。

起き上がって確かめると既に顔はなかった。

見間違いとも思えない。

陽子さんは暫《しば》し段ボールの中身の由来を考えているうちにゲンナリとしてしまい、結局は何も買わずに開館を出ることにした。

陽子さんの「一度だけ」の不思議体験だという。

色

鹿島君が小学六年生の頃の冬、クラスメイトの女子が軽トラックに撥ねられ、暫く入院することになった。

話によると、肩を脱臼し右足首を骨折したとのことで、更には酷く首筋を擦りむいたことから出血もそこそこにあったらしい。

この事故のニュースが校内に広まると、出自不明のとある噂もまた広まった。

「お前、今日のTシャツ、赤いぞ」

「そんなこと言うなよ。お前だって、何だか血が付いてないか」

「やめろよ。そんなことないだろ……」

至って他愛のない話である。

学校に着用してきたTシャツが本来の色にはないはずの「赤」が混じって見えたら、その生徒はのちに事故に遭う、というのだ。

大人なら一笑に付したら終わるような根も歯もないことなのだが、子供にはこの程度のものがなかなかにキく。

「隣の学区でもつい最近あった。大事故にあった」

「先生のスーツにも血の色が付いていた」

「スカートにも異変がある場合がある」

誰が言い出すのかそんな新情報も日変わりで飛び交った。

鹿島君もこの噂に怯える生徒の一人だった。

家にある、そもそも柄に赤が混じったTシャツを見るのもイヤになる。赤色の服を見るたびに、事故に遭った女子の血に塗れた姿をついつい想像してしまう。もし自分も車に轢《ひ》かれたらと考えてしまうと、慣れた道を歩くのも怖い。

そしてそのまま卒業式まで噂は続いたが、勢いは大分弱くなった。件の事故に遭った女子が松葉杖を突いて通学するようになったので、皆が気を使って余り話さなくなったのである。卒業後の中学では全くこの噂が囁《ささや》かれることはなくなり、「赤いTシャツ」奇譚は忘却の彼方へと去っていった。

　時は大きく過ぎ、鹿島君は合コンで知り合った女性と結婚する。

　二人の子供はすくすくと大きくなり、長男が小学五年、次男が小学二年にまで成長した頃のある日曜日。

「パパ、今日は派手だね」

　朝の食卓で長男からそう指摘された。

「そうかな」

　そのとき鹿島君が着ていたのは、クリーム色のポロシャツだった。下はベージュの半ズボンで、派手な要素はない。大体からして、これらはいつも着ている服で今更驚くべきものでもないはずなのだが。

「そのシャツの赤は目立つよ。何の形なの？　鳥？」

「赤？　鳥？」

　息子の言うことがさっぱり分からず、改めて自分の服を引っ張ったり背中を見ようと首を回したりしたが、何処にも赤い色は見当たらない。子供なりにふざけているのかとも疑うが、どうもそんな様子にも見えずニヤニヤしたまま、鹿島君は「何だろね」とだけ返すに留めた。

　その日の午後、鹿島君は一人で横断歩道のない箇所で道を渡ろうとしたところ、車に轢かれた。運転手は大きな鳥がフロントガラスにぶつかって、視界が遮られていたと供述したが、ドライブレコーダーには障害物の類は何一つ映っていなかった。

景色と臭い

高田公太

　夏のある日の午後、田端さんは妻と二人で温泉に向かうべく青森の田園地帯を自家用車で走行していた。

　冷房を効かせるため、窓は全て閉めていたが、それでも時々田舎の臭いが車内に入ってくる。

糞尿を使った肥溜めこそ最近では見かけないが、それでも豊穣な実りに欠かせない豊かな土には独特な臭いがあるものだ。農薬には農薬の臭いがあり、余計な草木が燃やされると当然、煙の臭いがする……。

「ん。ちょっと煙るな。くせぇ」

「ええ。家のゴミでも燃やしてるんだべがねぇ」

　事実、道の前方で煙がもくもくと上がっており、車内に臭いが入り込んでいた。強く鼻を突くその臭いの成分は田園地帯とはいえ、非常識な類に思える。恐らくはプラスチック、化学繊維などを燃やしているのだろう。田舎にはドラム缶焼却炉を使って家庭ゴミを堂々と燃やす輩もまだ少なからずいる。尤も、近所迷惑だ法律違反だと咎めるのも憚られるほど人口が少ない地域に限っての話だが、それにしてもこれほど臭いがきついと通りすがりですら怒りが湧いてくる。

「まんず、この辺のじっちゃばっちゃは何でも燃やせばいいと思ってるからな」

「ちょっと羨ましいけど……それにしても窓を閉めてても目に染みるくらいの臭いがするわね」

夫婦がそんな会話をする間に、車は当の火の元の横に差し掛かった。

少し車を減速させ、夫婦でじっと様子を見る。


小さな畑に面したちょっとした空き地に、こんもりと洋服が積まれてあった。

男性もののスーツ、トレーナー、ジーパン、女性ものだとキャバクラで見かけるようなドレス、スカート、ワンピースなどもあった。他にも多種多様な洋服があったのだろうが、一目瞭然に分かる訳がないほど大量に積まれてあった。

洋服の山の傍に女が立っていた。

女は二十代後半か、三十代だとしても前半。ヘアスタイルは黒々としたショートボブで、白い肌で端正な顔立ちをしていた。グレーのスウェットの上下を着込み、穏やかな表情でその服の山を見つめていた。

火はなかった。

火がないのに、服から黒と白が混じった煙が上がっていた。

化学繊維の不完全燃焼を疑うべきなのだろうが、その時点の田端さんはそんな発想を僅かにも抱けなかった。余りにもその煙は量が多過ぎ、余りにもその煙の上がりには勢いがあったからだ。

目に見えない炎が上がっていて、そこから煙が出ている、そう思うのが妥当だとその景色が告げているのだ。

まじまじと見る気にはなれなかった。そもそも、様子を窺っていることを女に勘付かれるのが怖い。バレたら何がどうなってしまうのか。

ごくごく自然に加速し、温泉に至る道の先へ進んだ。

田端さんは暫くの間先ほどの様子を理《ことわり》に落とし込めようとしたが、どうにも上手くいかなかった。尤も理から外れたとて、納得がいく答えが見つからないのだが。

「あれは……なんだったんだべの」

助手席に座る妻の存在をやっと思い出し、田端さんはそう言った。

「いやだ……あんたにも見えでだの？」

最悪な返事だ。

「見えでだも何も……火もねえのに煙があっ《あんな》たに。それに何だのあのたんげ《たくさん》ある服はよ」

「え？　火はあったべ。燃えでだべね」

「何もさ！　火はながったべね！」

田端さんは話が合わないことに強く苛立ちを覚えた。

妻にその気はないのだろうが、まるで「あなたの頭がおかしいのよ」とでも主張されているような気分になってしまう。

「何もさ、火は燃えてあったよ。服だが何だが分からないけど、燃えてたのは見えてた。言われてみれば、あれ服だったがもね……。うわあ、気持ち悪い！　それより、あの男よ！　あれは化け物だべねの！」

男。

男なぞ、あの場にいなかったはずだ。

いや、いたのか。気付いていなかっただけなのか。結局はこちらの頭のほうがあやふやなのかもしれない。妻が話すさっきの景色の様子はこうだった。

殆ど燃えカスだったためそれが何であったかは判別付かないものの、彩りを微かに残した残骸が火の元だった。それは大きな炎と煙を上げて燃えていた。女が火を見ていた。歳の頃合いやいでたちは夫の認識と変わらない。女の表情は落ち着いていて、少し退屈そうにも見えていたそうだ。

男。

男は、火の中にいた。

直立不動で立っていたのだという。

妻が「化け物だべ」というのは、そんなふうだったからだ。

妻は男の印象を「若かった」とだけ言及し、それ以外の要素ははっきり認めることができていなかったようだった。

「もうその話はやめよう」

田端さんは温泉までの道中を沈黙で埋めることにした。

風呂上がりには夕飯を外食しようと田端さんが提案し、街に戻ってから蕎麦屋に行った。こうやって日常を過ごしながら、あの異様な景色が自分達から消えればいい。田端さんはそう思っていた。

だが、就寝前に妻は「何を燃やせばああなるんだべの」と言った。

そうして結局、あの臭いも景色も田端さんの胸の中に残っている。

猫服

神沼三平太

保護猫活動をしている有明さんの話。

今現在、彼女の家には、保護猫用に用意している〈猫服〉は一着しかないという。念の為に新品をしまってあるが、基本的には使わない方針なのだそうだ。〈猫服〉とは彼女による呼称だが、要するに猫が傷口を舐めないようにするために着せるガードの役割を果たす服である。

基本的には避妊手術や去勢手術の後で、傷口を舐めないようにするには、エリザベスカラーと呼ばれる漏斗《ろうと》型をした首輪を着けることになる。ただ、皮膚病や首周りに怪我をしている猫などは、エリザベスカラーを着けることができない。他にも首周りの大きな異物を嫌がる猫に対しては、猫服を持ち出してきて着せるのだという。

「ただねぇ、ピンクの猫服を何着か買ったら、変なことが続いたことがあってねぇ」

もう十年近く前のことだ。

彼女は、量販店に併設されているペットショップで、その猫服を買った。

可愛いパステルピンクの服だった。だが、別段それを選んで買った訳ではない。単にショップにそれしかなかったから買ったまでだ。だから思い入れもない。

新しい保護猫の手術日が決まったので、新しい服を買おうと思っただけなのだ。

保護猫は小柄な子猫だったので、エリザベスカラーにするか、猫服にするか迷った末に、猫服を着せることを選んだ。白い子猫で、いつでもきょとんとした顔をしていた。


手術が終わって、家に連れ帰るときに、そのピンクの服を着せた。

だが、朝になると、その子猫がケージから外に出ていた。

しかも、服がない。探しても見つからない。

猫が遊んで何処かにやってしまったのだろうと思い、有明さんは、新しい猫服を出してきて再び猫に着せた。

「これはね、傷口を舐めないようにするためのものだから、脱いじゃ駄目だよ」

ケージの中に戻された子猫は、いつもと同じように、分かったような分からないような顔をした。


出社しても、ケージの中から子猫が出ているのがどうしても納得いかなかった。

有明さんは昨晩の行動を振り返ったが、きちんとケージに鍵を掛けた記憶がある。

その日は、昼休みに妙な胸騒ぎを感じた。

虫の知らせとでもいうのだろうか。

どうしても今すぐ子猫を確認しなくてはと思った。

幸い、家にはペットカメラがある。

それで一度確認しようと、スマートフォンから接続して映像を見た。

「もしかして、新しい猫ちゃん？」

有明さんが画面を見始めると、すぐに猫好きの同僚がやってきた。彼女には、既に保護した猫を一匹飼ってもらっている。

二人で画面を覗き込むと、そこには奇妙な景色が映っていた。

何処からか入ったのか、二本足で歩く三毛猫が部屋の中をうろうろしている。

それはケージの鍵を開けると、怯える子猫をケージから外に出した。

「何これ――作りもの？」

同僚が信じられないものを見たという口調で訊いたが、有明さんには答えられない。

「服脱がせてる」

同僚が言う通りだった。三毛猫は、子猫から猫服を脱がせると、自分でそれを着て、画面外へと消えていった。

意味が分からない。

二人で、今のは何だろうと話しているうちに昼休みが終わってしまった。

その夜、有明さんが帰宅すると、子猫は猫服を脱がされたまま、ドアの開いたケージの中で怯えたように蹲っていた。

「それ以降はエリザベスカラーにしてるから、あの三毛猫は出てきてないんだよね。ねー、あのときは怖かったよねー」

声を掛けられたのは、当時の十倍ほどの大きさになったという白猫だ。

その猫は有明さんの膝の上で、ごろごろと喉を鳴らし続けた。

制服

神沼三平太

圭佑君は、公立高校への入学以来、すくすくと背が伸び続けていた。

中学時代は前から数えたほうが早かったのだが、夏休み直前の今となっては、急に十センチ近くも伸びたこともあり、クラスでも大分後ろのほうに並ぶようになってきた。きっと夏休みの間には、更に伸びるだろう。

問題は着ている制服である。まだ袖を通して三カ月ほどしか経っていないのだが、既に小さくなってしまっている。

買い直すにしたって、二学期からにしてほしいと母親に釘を刺されてしまった。案の定夏休みには更に五センチ近くも背が伸びた。中学に入ってから誂えた服は全て買い直しである。

二学期の直前に、母親がパート先で知り合った御近所さんから制服を譲ってもらってきた。中古にしては綺麗なもので、まるで新品である。サイズもあつらえたようにぴったりで、これは良かったと母親と二人で喜んだ。

ただ、この制服を部屋の衣紋《えもん》掛けに吊るしておくと、変なことが起きる。夜中になると、その制服が部屋の中を歩き回るのだ。

夜中に圭佑君が奇妙な気配を感じて目を覚ますと、詰め襟の制服が、まるで透明人間が着ているかのような状態でうろうろしている。最初は寝ぼけていると思ったが、何度か目撃したので、恐らく見間違いではない。しかも朝になると、必ず制服が床に広がっている。これには閉口した。

何故そんなことが起きるのか、圭佑君には皆目見当が付かない。ただ、気持ちが悪いから返してきてと母親にも言い出せなかった。せっかく母親が貰ってきたものなのだし、とても喜んでいる。それを無碍《むげ》にすることもできない。勿論母親がパートに出て支えている家計のこともちらりと頭に過った。

要は夜中に彷徨く以外にはとりあえず不具合はないのだ。そこは我慢することにした。

二学期になった。

制服を巡る〈変なこと〉は、家だけでなく学校でも起こった。

体育の授業を終えて教室に戻ってくると、折り畳んだはずの自分の制服が床に落ちている。

それは何度も続いた。しかも何故か人が倒れているかのように、まるで誰か着ていたように上下で人型を作っている。友人がふざけて、チョークで事件現場のようにぐるりと周囲を囲うこともあった。

圭佑君の部活はサッカー部だったが、部室でもいつの間にか制服が床や椅子に座ったような形で引っ掛かっている。

透明人間によるいたずら、むしろいじめではないか。

困ったなぁ、どうしよう。もう少し背がぐっと伸びてくれれば、新しい制服にしてもらえるかなぁ。それともバイトでも始めようかなぁ。

そんなふうに圭佑君が考えていると、ある日、国語科の花岡という教師が、体育の授業中に校庭にやってきた。片手には男子の制服を握っている。ただ、顔は真っ青だ。

「片山はいるか！」

花岡先生は大声を上げた。授業に乱入された体育の先生が何事かと校庭を走ってくる。

「片山？」

「誰それ」

圭佑君のクラスには、片山という苗字の人物はいない。

ざわつく中を、教師が生徒の顔を睨み付けて回る。

「どうかされたんですか」

体育の先生もおろおろしている。その中で圭佑君は、花岡先生が握っている制服が自分のものだと気が付いた。ポケットからお気に入りのキーホルダーがぶら下がっているのが見えたからだ。

おずおずと手を挙げる。

「あ、その制服、俺のです」

「何でお前のなんだ？　片山のだろ」

「片山さんから譲ってもらいました」

「親類か？」

「違います」

「こんなもの着てくるな！」

花岡先生は大声を上げた。

だが、口にした言葉の意味が分からない。

怒りを向けられて圭佑君も困惑するしかなかった。


その日の部活で、隣のクラスの生徒に、花岡先生の話を訊いた。

彼は見回りの最中に、教室から歩いてきた片山君に追いかけられたらしい。

「やめろ、片山！」

そう叫んで廊下を走っている花岡先生と、見知らぬ男子生徒を数人が目撃している。

「何、片山って何の話？」

三年生の先輩が声を掛けてきた。

「あ、はい。何か花岡先生が、片山って男子生徒に追いかけられたらしくて、その制服を持って、体育の授業に乱入してきたんすよ」

「訳分かんねぇな。でも片山って、俺らの代の生徒だよ。花岡にイビられて引きこもりになって、結局学校辞めちゃってさ。相当恨んでたみたいだよ」

「あざっす。何で花岡先生があんなに取り乱してたのか、よく分かりました」

圭佑君は帰宅後、その日あったことを母親に報告した。

「ああ、片山君のお母さん、その花岡って教師に息子の人生を壊されたって、物凄く怒ってたわよ」

気弱だった片山君は、花岡先生からの執拗《しつよう》ないじめがあったことを、在学中には何も言わなかったらしい。制服が綺麗だったのは、引きこもりを始めて以来、殆ど学校に通っていなかったからだ。

「だから、片山君本人よりも、片山君のお母さんのほうが恨んでるから、もしかしたらお母さんのほうの生霊じゃないかしら。身長は違うけど、顔はよく似てるから」

ただ、この解釈は違うだろうなと、圭佑君は考えた。

もしそうなら、教室や部室で制服が広がっていた件の説明も付かない。

今だって制服は夜中に歩いているのだ。

結果、二学期の半ばまでは、圭佑君はその制服を着て登校していたが、花岡先生が彼を見ると、「片山君に見える」と、正気ではないような怒り方をするので、結局着るのを辞めた。

他にも生徒のうちの何人かも、圭佑君を別人と間違えることがあったというのも理由の一つだ。

誰かが重なっているように見えるらしい。

もう面倒臭いので、二年生になったら新しい制服を買うということにして、ジャージで通学を始めた。それは教師達に黙認されるようになった。恐らく花岡先生との間のことを、体育の先生がフォローしてくれたのだろう。

当の花岡先生は、三学期の途中で、片山君の影に怯えたのか、学校に出てこなくなり、三月に辞めてしまった。

それが機会になったのだろう。二年生になった圭佑君は、片山君には間違えられなくなった。

状況が落ち着いた後で、彼の母親が一連の出来事を片山君のお母さんに報告した。

報告を聞いた片山君は、「いい気味だ」と笑っていたという。

睡蓮《すいれん》

神沼三平太

昭和三十年頃の京都での話である。

勇さんの母の実家は、京都で長年呉服屋を営んでいた。歴史のある置屋《おきや》や屋形の女将さん、舞妓、芸妓さんもよく出入りしてくれていた。

ある日、お得意さんの一つである、とある置屋の番頭をしている男性が店に顔を出した。

彼は店番をしていた祖母を見つけ、声を掛けてきた。

「今日は内々の話やけど、ええかな」

妙に嬉しそうな表情に、祖母は「どないしはったん」と訊ねた。

「このたび、上の娘が嫁入りすることになりましてな。それでお祝いに着物渡してやりたいさかい、どないかお願いできまへんやろか。それとな、こないなこと言うのは厚かましいんやけど、絵付を是非勝次はんにお願いできまへんやろか」

勝次というのは絵付師をしていた祖父のことである。

その頃は祖父の絵付は大変な評判だった。呉服屋だけでなく、あちらこちらから依頼がきており、手が回らないので、弟子が仕事を担当することも増えていた。

たまたま祖父は用事で店を空けていたので、祖母はきちんと伝えておくから安心してほしいと番頭さんに告げた。

彼はお願いしますお願いしますと、何度も頭を下げて帰っていった。

暫くして戻ってきた祖父に、祖母は先ほどの会話を伝えた。

「分かった。かまへんよ」

祖父は番頭さんの依頼を二つ返事で了承した。元々祖父と彼とは仲が良かった。プライベートで一緒に呑みにいくこともある。

祖母は続けた。

「あんね。絵やねんけど、睡蓮をあしらえてほしいて。パッと華やかに」

お祝い事ということもあり、祖父は絵付の料金は無償で引き受けた。

渡しは半年後に間に合えば良いということだったが、寸法から始めて三カ月後には完成した。

完成した着物を見て、番頭さんは喜びで涙ぐんだ。

「おおきに。ほんまに有り難いわ。ほんまに感謝しても足りませんわ」

睡蓮は着物の至る所に上品にあしらわれていて、まるで本当に水面に浮いているかのようだった。

しかし、着物を渡してから二カ月ほど経った頃に、近所の川で、今度結婚するという娘の遺体が上がった。現場は呉服屋からもすぐ近くだった、
事件の捜査が行われている間、狂ったように叫ぶ番頭さんの姿があった。
祖父母の耳にも、川岸の至る所に、むしり取られたように肉片が散らばっていたという話が

伝わってきた。髪、耳、指先等が、ばらばらになっていて、それは酷いものだったらしい。

番頭さんのことを思うと、本当に胸が潰れるような思いだった。

そして娘殺しの犯人は、いつまでも捕まらなかった。


それから半年ほど過ぎた頃、祖父は近所の小料理屋で番頭さんと再会した。

久々に見る彼の姿はいかにも憔悴《しょうすい》し切っていた。頼んだ料理にも手を付けず、ただただ酒を呷《あお》るばかりだ。

番頭さんは、じっと黙ったままそうしていたが、ぽつりぽつりと話し始めた。

「うちの嫁はんの話は、したことあらへんかったな。近江の田舎育ちで、丁稚奉公でこっち来て縁あって僕の嫁はんになって――凄い睡蓮が好きやったんや」

祖父はそう語る彼の言葉に、じっと耳を傾けた。

「よう一緒に散歩がてら睡蓮見に行きましてな。うちの嫁はんは心が弱うて、この間亡くなった娘が生まれたときも、ほんまにこの子育てられるやろか、愛せるやろかて。そんなことを言っておりましたわ」

彼は手を伸ばして銚子を持ち上げたが、酒が切れているのを察したのか、そのままテーブルに戻した。

祖父が女将を呼び、銚子の追加を頼んだ。

話すほうも聞くほうも、酒の力を借りないといけないような話に思えたからだ。

「結局娘は二人でけましてんけどな。娘が大きなるごとに、嫁はんから娘らへの当たりがきつなっていくんが分かりましてん。初潮迎える頃には、何でお父はんに色目使《つこ》てんねん！　って折檻《せっかん》ですわ。もう頭おかしなりそうでした――これはもう病気やて」

番頭さんとは何度も呑みに行ったことがあるが、そんな過去があったことを、彼は一度としておくびにも出したことはなかった。

祖父は黙って頷いた。

「結局肺の病気患うて亡くなりましたが、最後の最後まで、娘らへの扱いは変わらずでしたわ。嫁はんには、火葬のときにあいつが気に入ってた、睡蓮の描かれた浴衣を着せてやりました。娘らは、お母はん綺麗やな、睡蓮がよう似合《にお》てるねて。あんなに辛う当たられてたのに、それでも子は母のことが好きなんやなぁと、ほんま涙が止まらへんでした」

淡々と告げる番頭さんの話を聞いて、祖父は何とも言えない気持ちになった。

そろそろ店が看板になるかという頃、番頭さんは祖父に対しておかしなことを告白した。

「勝次はん。ただな、僕見てもうたんですわ。綺麗や、似合てるわ言うてる娘達を、棺桶の中から嫁はんがじっと睨んでたんです。勿論娘達は気付いてなかったです。僕も見間違いや思て今まで生きてきましたけど、上の娘が死んだ姿見たときに、よう娘が嫁はんに髪やら耳やら、もう千切られるちゃうかいうぐらい、引っ張られてたん見て、何度も力ずくで止めたん思い出しました――。娘はもしかしたら、嫁はんに――」

思い詰めたような言葉に、祖父は声を上げた。

「流石にそれは――」

「分かってます。娘に着物をお祝いとして渡そう思て、どんな絵がええか訊いたとき、睡蓮がええ。お母はんがいつも着てはったみたいな綺麗な睡蓮がええ、って」

番頭さんは酒器に僅かに残った酒を呷った。

「最初は止めましたけど聞かへんくて。そんなに欲しいんならて了承しました。こんな話してすんまへん」

病んでしもてる――。

祖父はただただそう思った。

番頭さんが大丈夫だと言うので店の前で別れたが、祖父が番頭さんの姿を見たのはこれが最後になった。

数日後、丁稚が白目を剥いたまま息絶えた番頭さんを発見した。

突然死だということだったが、番頭さんの周りには、祖父が絵付した着物と、何処で取ってきたものなのか、睡蓮の花が何枚も散らばっていたという。

「あんたのおじいちゃんな、その話を聞いたときにな、呪いとか祟りっちゅうんは、この世にほんまにあるんかもしれへんて思うたそうや」

祖母は勇さんにそう告げると、「ほんま怖いのはこの後なんやけどな」と前置きして続きを語った。

その後、お寺さんの意向で、その着物には憑き物が宿っているということで預かってもらうことになったという話が聞こえてきた。

だが、その後何年かして、着物は忽然《こつぜん》と消えてしまったという。

盗みに入られたのか、誰かの手違いか、それはよく分からなかった。

「この話はこれで終わりやあらへん。残されたもう一人の娘はんやけど、番頭はんが亡くなった後、親戚の伝手で、金沢らへんに丁稚奉公に出ることになったゆうのを聞いてん」

それでこの着物との縁は終わった。祖父母はそう考えていたという。


昭和五十年くらいのことだった。

呉服屋に一人の女性が訪ねてきた。

彼女は店に入るなり、勝次さんという方はいらっしゃいますかと訊ねてきた。

祖父が対応すると、その女性は番頭さんの下の娘さんだった。

言われてみると、確かに面影がある。

彼女が、自分の父が置屋の番頭として通ったこの呉服屋を訪ねたのには理由があった。近々結婚することを報告したかったからだという。

だが、彼女は手に持っていた荷物を解いて、祖父母に見せた。

「実はこれ、最近質屋で買ってもらった品なんです。何か運命というか、呼ばれた気がして。見事な睡蓮でしょう」

その着物は、確かにあのとき、上の娘さんのためにしつらえたものだった。

祖母も祖父も何も言えなかった。

「その後娘はんがどないなったんか分からへんし、知りたくもないわ」

祖母は、遠くを見るようにして続けた。

「――あの娘はんが持ってきはった着物見たときには、ほんま震えが止まらへんかったわ。不思議なことってあるもんやなぁ。あと、昔はあんまり花言葉て、調べたりしてこなんだけど、睡蓮の花言葉に〈終わった愛〉とか、〈滅亡〉とかゆう意味もあるんやて。気持ち悪いなぁ」

うすら寒くなったのか、話し終えた勇さんの祖母は、両手で自分の肩を何度も何度も擦り続けた。

遺装 ―― 奇譚ルポルタージュ

久田樹生

服。衣。その材料である布。布の材料。

今回のテーマでも語られる怪異は多岐に亘るだろう。服飾に携わる方々の話であったり、大量生産される工場の話であったり、針や鋏の話であったりと様々であることは想像に難くない。否。当然の話である。中には「コスプレイヤーの衣装に纏わること」なども含まれるし、ファストファッションとスローファッションに関する怪異も聞いている。また、あるアニメキャラクターがプリントされた布地の不思議も耳にした。

またハイブランドに対する嫉みから始まるものや、先祖代々継いできた着物、帯、帯留めなど所謂〈曰く付き〉になったものの話も多い。

他、よく言う〈ファッションには周期性がある〉ことも無関係ではない。

例えば、ある人曰く「亡くなった母方の祖母が着ていたコートは質も良く、今の時代に着ても何ら問題もない。生地は高級で、羽織ったときのシルエットも最高だった。それに目を付けた義姉が奪い去るように借りていったが、数週間後に返しにきた。見れば、煙草の焦げ穴が二つ、料理の食べこぼしの染みが幾つか付けられていた。抗議をしたが〈どうせ中古品なのだから〉と謝罪すらしない。それどころか、知らないうちに棄てられてしまった。その後、義姉は治癒困難な病に倒れ、結果的に実家へ戻された。その後、夫である兄の貯金を使い込んでいたこと、そして他の男に貢いでいたことがばれ、離婚。それが片付いた頃、送り人不明で祖母のコートは戻ってきた。穴や染みはすっかり補修された姿だった」。

そして服と言えば洗濯や保管、クリーニングも切っても切れない関係だ。

店を畳んだクリーニング店ではこんなことがあったと聞く。

「平成初期の頃だった。毎日衣服を預かるが、あるとき覚えのないジャケットが一着あった。預かり時に決められた手順で〈顧客と預かり品、指定されたクリーニング方法〉を管理するようにしているから、そんなことが起こり得るはずがない。周囲の人間に訊ねてもジャケットの主について誰も知らなかった。ジャケットは臙脂《えんじ》色でコーデュロイ生地（盛り上がった筋のある生地。パイル織物の一つ）のものだ。男性物でサイズが大きい。裏地に雑な刺繍で〈テツカ〉とあった。テツカ、或いはテヅカだろうと当たりを付け、その名を持つ客に確認するが、誰も該当しなかった。クリーニングして良いかすら分からない。客からの連絡があるはずだと奥へ保管していたが、結局店を畳む少し前、平成が終わるまで誰も取りにこなかった。閉店を決めた直後、その臙脂色のジャケットは姿を消していた。いつなくなったのかすら、分からない。持ち出したり、誰かに渡したりという覚えのある者はいなかった」。

しかしファッションというものは難しい。

まず、服を身に着けたときのシルエット。布地そのものの質感と色味。差し色から、着る者の個性との兼ね合いなど、様々な要素が絡み合う。

またそれに合わせたアクセサリーや靴、バッグ、時計、更にメイクで服そのものの印象ががらりと変わるのだから恐ろしい――このような話を花崎小百合さんから伺ったことがある。四十代の彼女は、シンプルな取り合わせだったが、きちんと服を着こなしている感が漂っている。腕時計はスマートウォッチで、アクセサリーや靴もさりげないデザインのものだが、やけに似合っていた。持ってきたバッグもハイブランドではないが、実に丁寧な仕事が為された物で、上質さが伝わってくる。

これから記すのは、この小百合さんが耳にした話である。伝聞である。とはいえ、関係者数名から確認を取った。ただページ数の兼ね合いで全体的に整理と構成をし直し、箇略化した部分があることを書き添えておく。

＊

ある独身女性がいた。仮に谷瑠美《たにるみ》としよう。

彼女は三十代前半の頃にフリーのマナー講師を始めた。

他にカラーコーディネイトから香水関連、メイクやファッション指導までしていた。殆どが養成講座や自己流で学んだものであった。

更にタロット占いやスピリチュアル的な霊感商法スレスレの要素も加えており、一部の女性達から教祖のように扱われていた節がある。

瑠美の目標は〈カフェと小物屋を合わせたような店を持ち、そこでマナーなどを教え、更に受講生から弟子を選び、その子たちに支店を任せ、店舗を増やす。行く行くは会社を立ち上げ、フランチャイズ化したい〉だった。

あるとき、瑠美が「夢が叶う第一歩だ」と口にするようになった。

パトロンと言うべき男性がバックに付いたのだ。四十代の資産家ということであったが、実際は表に出てはならないような職種である。表向きの商売では、ビジネスコンサルタント事業を含む会社の社長という肩書きを使っていた。このコンサルタント事業の一環で、瑠美を売り出す算段であるらしい。双方にどのようなメリット・デメリットがあるのか分からない。互いに騙し合っているのではないかというのが、瑠美の知人達の感想だった。


パトロン兼コンサルタントが付いた瑠美の言動は、次第におかしくなっていった。

口を開けば金の話で、そこから自分が如何に凄い人間なのかという話になる。今、収入は幾らだ、誰それの会長が自分を頼っている、何処そこの人脈は私がタロットで導いてあげている。

終始そのような内容であった。

その割にはテレビでもネットでも、雑誌でも話題になっていないのは何故かと問えば、彼女はやや怒りを滲ませながらこう答えた。

「あの人が〈特別感の演出のために表に出るな〉と言うから」

あの人。バックにいるコンサルの男性である。

瑠美が言うには〈彼が「テレビやネットでちやほやされているような偽物はすぐに消える。お前は本物なのだからそういうのは出るな。客は自分が引いてくる」と言うから、表に出ないようにしている〉。そう語る顔つきも以前と違う。何処か厭らしさが漂っていた。

この頃の瑠美は〈タロット他の占い業〉と〈開運のためのカラーコーディネイト、メイクとファッション、香水指南〉も女性向けに行っている。香水は瑠美が祈ってパワーを入れたもので、格安で販売をしているという。

コンサルの指導でより一層スピリチュアル商売にも手を染めているようだった。

この時期の彼女に会った人間は、その直後に体調を崩すことが多かった。発熱や嘔吐、不正出血などであったが、全員が判を押したように「瑠美と顔を合わせた後、急に身体が怠くなった。その後から体調不良が始まった」と口にするのだ。

だから徐々に瑠美から離れる人間も多くなっていった。


瑠美がコンサルと組んで二年程が過ぎた辺りか。

彼女の雰囲気は更に変わった。やや小肥《ぶと》りになり、言動に図々しさが滲むようになっている。

遂に弟子を取り、総合プロデュース業へ軸足を移していると聞いた。弟子の対象は女性のみ。男性は取らない。そして、これまで自らが行っていた〈占い、カラー・メイク・ファッション・香水コーディネイト〉を弟子にやらせる。直接自分が出向くのは経営者や資産家など地位のある人間に限定するのだ。これもまたコンサルの男がそう仕向けているのだった。

ところが、彼女の弟子はすぐ辞めるかいなくなってしまう。

理由は様々だが、怪我や病で離脱、或いは心の病で続けられなくなることが多かった。

しかし瑠美の元には次々に志願者がやってくる。殆どがコンサルのルートからであったが、偶に依頼者が瑠美を信奉してどうしてもと弟子になることもあった。そういった人間からは指導費という名目で年会費と月謝を取っている。どちらもかなりの高額であった。これを払うために借金をする者や夜の仕事を始める者もいた。そして心を壊し、支払えなくなった途端に破門されてしまう者も少なくなかった。


弟子を取り始めた後、コンサルの勧めで瑠美はある新宗教へ関わるようになっていた。

彼女曰く「教祖を作る」ためだった。

自身が持つスキルである、カラー・メイク・ファッション・香水のコーディネイトと占いを使い、これから始める新宗教の教祖をプロデュースするのだ。勿論バックにはあのコンサルの男が付いている。というより、その男が立ち上げた団体であった。

教祖にするのは瑠美の弟子であり、二十代の女性だった。スタイルが良く、見目も整っている人間を選んでいる。

この女性に普段の着る物から立ち居振る舞いまで仕込んだ。更に教祖として人前に出るときのため、オーダースーツや衣装も用意する。スーツは有名店の手によるものだが、衣装だけは違っていた。神秘的かつ〈ある色の組み合わせとシルエット〉を使い、そこまでコスプレ感のないデザインを起こし、それを弟子の中にいた裁縫の上手な者に縫わせる。量産することはないので、ドレーピング（立体裁断）でパターンを作らせた。完成した衣装に関し、最終的な判断は瑠美が行ったことは言うまでもない。完成後に彼女が「没」と判断すれば、その衣装は容赦なく裁断され、燃やされた。教祖役も制作者も瑠美の信奉者であるからこそ、全てその言うことに従うのは当たり前のことだった。

教祖名は瑠美が付けた。かなり不敬な名前だった。その名は〈ヒナコ（注・その名をそのまま書くことは憚られるため変更した）〉である。元々の名前の片鱗すら残っていない。

また新宗教の名を〈ヒナコ○○会〉に変え、教祖を前面に押し出した。だが、実質会を牛耳っているのはコンサルの男で、二番手が瑠美だ。教祖・ヒナコが三番手かと言えばそうではなく、単なるお飾りにすぎなかった。それでも信者達はヒナコの言動、服や香りに一喜一憂する。そうなるようにコンサルと瑠美でコントロールしていた。

この教祖を作ることを、瑠美は「カリスマを産み出す実験」だと称した。

本格的に新宗教〈ヒナコ○○会〉が始まった。

初期信者は瑠美の信奉者と、コンサルの男が連れてきた男女だった。宗教法人化していなかったが徐々に信者が増えてくる。その立て役者はやはりコンサルの男である。この男は常々「スピリチュアルは金になる。現代の人間は不安や悩みを抱え過ぎている。だからこそ、スピリチュアルを頼るのだ。そこが狙い目、ビジネスチャンスになる」と明言していた。

この新宗教はお布施額で信者のランクを上げることはしない。代わりに、瑠美がプロデュースした「服、アクセサリー、香水、下着、水」などを買い、使用する量で信仰心を証明すると信者の地位が上がる。たくさん買い、使い、着るほどに信仰心が高いとヒナコが判断するのだと、信者に信じ込ませた。どちらにせよ、お布施と変わらないシステムだろう。

プロデュース品のコピー〈服を身に着けるのは、福を身に着けることである〉を考えたのは、瑠美だ。その言葉をヒナコに言わせながら、信者に向け説明させる。「服のデザインと色にはこういう意味がある。全て開運に役立つ上、不安や悩みも打ち消す。福が舞い込む。救われる」などと信者の購入意欲を刺激させるのだ。同時に、アクセサリーや香水などを組み合わせれば効果をアップさせる、身体にパワーが移る、などと売り込ませていく。要するにヒナコの言葉は半ばマニュアル化した営業トークであった。

これらの服や下着、アクセサリーは二束三文で買える代物だ。香水も安物を詰め替えただけで、水は安売りされたものを箱買いし、ラベルを剥がしただけの物だった。そして瑠美もヒナコもそれらに対し祈ることすらしない。信者はその真実を知らずに買い求める。信仰心をアピールしたい、幸運を得たい、悩みから解放されたい、地位を上げて教祖の側近、取り巻きになりたい――。信じる者らの欲のおかげで、全てが飛ぶように売れた。勿論信者の金には限りがあるが、彼らは頼みもしないのに方々へ金を無心する。それでも足りなくなればバイトや副業を始め、それで得た賃金を湯水のように使い、信仰心を示した。女性の中には当然のように夜の仕事を始める者も増えていく。冷静な人間が見れば、負のスパイラルだろう。

その証左か、ヒナコと瑠美の信者達を見た人たちは口を揃えて言う。

「全員、似たような表情。覇気のない死んだような顔。自立していない人の顔だった」


当然、この新宗教を辞める者も出てきている。

ある瞬間、我に返ってしまったことがきっかけだ。その途端、瑠美のプロデュースした物が一斉に合わなくなる。下着や服の着心地が悪くなり、香水の香りで頭痛が始まった。否。それ以前にデザインと色に拒否感を抱くようになる。だから棄てる他なくなった。買い置きの水も、未開封のペットボトルなのに中に黒い滓《おり》のようなものが浮かんでおり、飲めなくなっている。廃棄処分しか選べなかった。


会を辞めた後、勿体《もったい》ないからと服や下着を無理に身に着け続ける人もいた。が、そのうちに謎の発疹が全身に広がったり、貧血や偏頭痛に悩まされたりするようになった。そればかりか下着や服の襟元が締まるような感覚を覚え、四六時中息苦しくなる。ある人は自宅で我慢していたとき、突然目の前が真っ暗になって倒れてしまった。俗に言う〈落ちる〉ような感覚であろうか。気が付くと服と下着を脱いで、全裸で床に転がっている。そして首元、手首、腰周り、下着があった場所に赤い蚯蚓《みみず》腫れが浮かんでいた。原因は分からなかった。

また別の脱会者にはこんなことがあった。

会では他の神仏に頼ることを恥とされていた。しかし、やむを得ない事情で神社仏閣に行かなくてはいけないこともある。しかし入り口前へ立つと足が竦《すく》んだ。無理矢理入ると、何故か次第に気持ちが良くなる。心地よいなと思っていると、途端に服や下着、アクセサリー、香水が気持ち悪くなって仕方がない。せめて香水をどうにかしようとお手洗いへ行き、濡らしたハンカチで拭った。が、その部分に痛みが走る。鏡を覗けば、拭った場所が赤く腫れ上がっていた。

この後、会の在り方に疑問を持って脱会。やはり服などは全て棄てた。途端に家中が清々しい空気になり、明るい雰囲気に変わる。それまでは薄暗く、厭な臭いがしていた。

このように会を辞めた人は他にもいるが、その人たちがどうなっているかは全て把握できていない。

そして——留美は、世界的疫病が蔓延《まんえん》し始めてから一年後に他界した。

原因は女性だけが患う疾患であった。

病の発覚後、例のコンサルはすぐに身を引いた。これを瑠美は「自分を棄てた。ヒナコへ走った」と表現している。彼女自身にとってもこのコンサルの裏切りと病は予想外であったらしく、「自分が何故。私はちゃんとしていたはずだ」と繰り返し口にしていた。

瑠美の葬儀はとても寂しいものだった。

新宗教に絡み始めてからというもの、瑠美は家族や親族から縁を切られていた。それでも喪主は瑠美の父親がしてくれたと聞く。参列者は両親と妹、瑠美を頼っていた人間が数名程度で、後はよく分からない人たちが十名ほどであった。

実は、病の進行に比例するかのように瑠美は何かに怯えるようになった。

時々自分の周囲を指差し、「アレ、アレ、アレ」と強張った声を上げる。近くの人たちが指の先へ視線を向けるが何もない。一体何だと訊いても瑠美は具体的な言葉を発することなく、唸るだけだ。そして、誰にも見えないことと伝えられないことで彼女は苛立つ。自分で何とかすると叫び、よく分からない呪文を唱え、指を複雑な形へ絡めては「エイ、エイ、エイ、エーイ！」と声を上げた。

落ち着いて教えてほしいと頼んだが「アレ」以外の言葉を出そうとすると喉がおかしくなるようだった。それればかりか激しく咳き込み、時々血が混じった痰を吐く。

筆談や絵で説明させようとしても、手が動かないと喚く。スマートフォンやタブレットなどに入力させせたが、今度は不自然に電源が落ちた。

どうしても表現できず、瑠美は完全に癇癪を起こす。繰り返し筆談を試しスマートフォンなどを使わせようとしても、結果は同じだった。

だから、最後まで彼女が「アレ」と言うものの正体は分からずじまいだった。

＊

ここで一つ説明をしておく。

冒頭の小百合さんは、瑠美の親族であり、友人だった。

だから彼女は瑠美本人から聞いたことと、共通の知人など周囲の言うことを同時に耳にしている。新宗教を立ち上げた辺りはかなり縁遠くなっていた。だが、途中から瑠美が頻繁に連絡を寄越すようになった。だから仕方なく話をすることも多かったと言う。半分は愚痴だったと言うが、新宗教内部のことや、留美自身が語る自らのことなども多く聞かされている。そのおかげと言うべきか、数々のエピソードを知ることになった。

問題の新宗教の教団事務所は、コンサルの男が見つけてきた駅から近い雑居ビルであった。男と他の人間が所有するものだったようだ。その三階フロア全部が新宗教関連の部屋だった。小百合さんも外から見てみたが、単なるビルにしか思えない。怪しい新宗教が入っているなど誰も気付かない印象だ。一階は飲食店が入っており、他のフロアにも店舗や会社の名前が入っている。そのテナント料や家賃収入もコンサルの男の元へ入っていたと瑠美は言っていた。

教団事務所の三階には、教祖に謁見するための部屋や信者が集う大部屋もある。他、信者向けの占いを行うブース、教団の服やアクセサリーを展示販売する部屋やフィッティングルーム、そして簡易的宿泊も行えるスペースが設けられていた。

教祖・ヒナコの控え室兼衣装部屋も用意されているが、その中の幾つかは瑠美がデザインを手がけたものがしまわれていた。デザインと言っても、プロのようなデザイン画やパターン図、縫製仕様書を描いたりする訳ではない。メモ書きと口頭で説明するだけだった。それでも全てを掬《すく》い上げ、具現化してくれる信者がいたことが幸いしたのだろう。

その衣装を身に着けたヒナコに関し、瑠美はこんな言葉を遺している。

〈教祖の衣装を着て、メイクをしてあげて、最後に香水を付けると、ヒナコは本当に教祖っぽくなった〉

立ち居振る舞いの他、声のトーンすら指導していたが、想像以上の変化を見せる。プロデュースしている瑠美やコンサルですら、その変わりように舌を巻いた。と同時に、教祖、カリスマはやはり人の手で作り上げられるのだと理解できたとも言っている。

ただ、控え室に戻って衣装を脱ぐと、ヒナコは椅子に腰掛けて動けなくなる。疲労困憊《こんぱい》といった具合だ。話し掛けても微かな返事しか戻ってこない。また、その顔は二十代とは思えないほど老け込んだ状態になっていた。初老と言っても通じるほどだろうか。時間が経つとやや改善され、メイクでカバーできる。しかし教祖として人前に立つとまた体力を失い、見た目が年老いてしまう。この頃、コンサルから新しい教祖候補を選び直すかという話が出た。しかし信者はヒナコを教祖だと信じている。だから急に変えるのは良くない選択だろうと、その話は立ち消えになった。

代わりに、ではないが、会の本部を他の土地へ移す計画が立ち上がった。

今のビルは支部の中心として残し、会そのものを〈霊験あらたかそうな地〉へ移そうというのだ。自己演出の一種だとコンサルは説明した。霊地・聖地として有名なところに本部があればそれだけで箔が付くということだ。リストアップされた地域は確かに霊地・聖地として高名なところばかりだった。ただし、計画は頓挫している。その理由や事情は小百合さんに伝えられることはなかった。

瑠美の死後、会がどうなったか小百合さんは知らない。

教えられていた雑居ビルから新宗教の名は消えていた。テナントは全て違う店に変わっており、三階を含め全て別の会社の事務所になっていた。ビルの持ち主が変更されたのかどうかも分からない。調べる気もなかった。

瑠美の「自分を棄てた。ヒナコへ走った」の言葉から想像するに、何らかの出来事があったのだろうか。彼女の言い分を信じるなら、コンサルとヒナコは男女の関係になっており、瑠美は手を切られたということになる。ただし、ヒナコは外見が年齢相応ではなくなっていた。これは瑠美以外の証言も取れている。ならば、コンサルの男は瑠美の言う「走った」というより、教祖としてまだ利用する算段だと考えたほうが妥当だ。想像の域を出ないが、コンサルはヒナコを使い、何処かで新宗教を続けているのではないかと小百合さんは予想している。

――しかし、他にも不明なことが多いのですと、小百合さんは困った顔を浮かべる。

実は彼女自身、服や下着、アクセサリー、香水を瑠美から貰っていた。留美デザインだが売りつける物ではなく、それより質が良い物だ。勿論身に着けることは、絶対になかったと彼女は眉根を寄せる。宗教関係なく、色味やデザイン、香りが苦手だったからだ。しかし返すのも棄てるのも気が引けて、箪笥《たんす》の肥やしになっていた。

〈服を身に着けるのは、福を身に着けることである〉というコピーは悪くないと小百合さんは言う。自分が好きな服や靴、アクセサリー、香水は気分を上げてくれる。気分が上がれば生活に張りが出る。そうなれば、幸運にも出会いやすくなるし、福を得やすくなると説明できる。ただ、それが新宗教に絡むと途端によくない意味になる気がする、と渋い顔だ。

では今、瑠美から送られた服達はどうしているのだろうか。

棄ててしまったと小百合さんははっきり口にした。

瑠美が亡くなってから数カ月後、箪笥や小物入れに虫が湧いた。黒く極小さなもので、甲虫のようなものや幼虫のようなものが混在していた。特に虫が集っていたのは留美のくれた品々だった。その服や下着は黴と吐瀉物《としゃぶつ》を混ぜたような臭いを放つようになっていた。またアクセサリーはすっかり錆びてしまっている。ただし、錆びるような材質ではなかった。そして香水瓶の内部にも黒く極小の虫が入り込んでおり、使い物にならなくなっている。香りも元の匂いに木やおがくず臭のようなものが混じっており、強い悪臭に変わっていた。

これらを燃える物と不燃物に分け、全てを棄てた。服など一部は鋏を入れて着られないように処理を加えている。その服の残骸などを詰めたゴミ袋を出した日、その集積場の前で自動車事故が起こった。一人救急搬送されたと言う話だった。事故を起こしたのはゴミ収集車ではないようだったが、それ以上のことは具体的な情報がない。よって詳細不明のままだ。

瑠美の物を処分してから、部屋の中が明るく感じるようになった。そして、時々生じる体調不良もすっかり消え失せたという。

そう。小百合さんもいろいろ悩まされていたのだった。

そして——残された瑠美の家でも何かが起こったらしかった。

詳細は伏せられているが、引っ越しを余儀なくされた上、家族の一部は離れて暮らすようになっている。親族間の伝聞であるから、詳しくは分からない。

瑠美の家があった場所は不動産会社の管理下に置かれ、売り家になっていた。


瑠美が教祖の衣装に提唱していた〈ある色の組み合わせとシルエット〉は何だったのだろうか。訊いてみたが小百合さんも全容は知らなかった。色の組み合わせに関して、数パターン耳にしただけである。それに関して、印象に残った瑠美の発言があった。

〈色の組み合わせ、使い方で絶対にしてはいけないと言われているもの。補色を含む。シルエットもそう。安定より不安定。それこそが、使い方によってカリスマ性を出すための要素に利用できる。揺らぎとも言い換えられるが、もっと複雑なのだ〉

教祖の服と信者の服、アクセサリーなどの画像を小百合さんは瑠美に見せてもらったことがあった。だが、教祖の服にあるはずのカリスマ性を演出するものは何ひとつ読み取れなかった。はっきり言えば、よくあるデザインと色使いを少し捻った程度の服やアクセサリー、靴、メイクにしか見えなかった。

＊

小百合さんから話を伺っているときだった。

彼女は明らかに何かを言い淀んだ。無理に聞き出すことでもないので話題を変えてみる。食べ物や映画の話だ。しかしそこから何故か瑠美のプロデュースした服の話になってしまう。口にできない何かと関係があるのか。先を促してみると他の話題へ変化する。しかし途中で瑠美の服へ話題が戻った。何かあるのだろうかと思ったが、予定の時間が来たのでその日は解散となった。

その後、小百合さんと会った際、靴について話していると彼女が唐突に切り出してきた。

「実は、嘘を吐いていました」

瑠美の死後、小百合さんは夜中に目を覚ました。薄暗い自室で、ベッドに腰掛けている。黴と吐瀉物の臭いが上がってきた。視線を下げた。何故か留美がデザインした服とアクセサリーを身に着けている。そんなことをした覚えはない。照明を点け、立ち上がる。姿見に掛けていた、シンプルな布のカバーが上がっていた。そこに映った自分の顔に、自身が絶対にしないパターンのメイクが施されていた。それは瑠美のメイクに似ていた。混乱の中、慌てて服を脱ぐと、下着も瑠美デザインのものに替わっていた。気持ち悪い。下着も外す。ショーツが濃い赤で汚れていた。時期的に考えられないもので、不正出血だった。

瑠美の服などを廃棄したのは、その後。

「瑠美の服は絶対に着ていないと言いましたが、こんなふうに一度だけ身に着けたことがあったんです。これ以外では着ていません。でも」

瑠美の服に似たものが、ごく希にネットのフリマアプリに出ていることがあると、小百合さんはいう。元信者が売っているのか。それともコンサル達の仕業なのか。そのどれとも違うのか。ともかく間違っても買ってはいけないと、彼女は強く訴えた。

――この原稿を纏めるにあたり、小百合さんに各種確認のため連絡を取った。

そのとき、向こうで彼女はとても小さな声でこう言った。

瑠美と同じ病気の疑いが、私にも。

ドッペルゲンガー

木根緋郷

季節は冬。休日前夜のこと。

一人暮らしをしているチサさんは、最近お気に入りのユーチューバーの動画を再生しながら缶チューハイを飲んで過ごしていた。

もう一缶飲もうと冷蔵庫を開けると中は空っぽ。歩いて五分もしないコンビニへ行こうとするも着替えるのは面倒に思い、グレーのスウェット上下の部屋着のまま上からブラックのダウンジャケットを羽織ってアパートの外に出た。

時間は夜中の二十三時頃。道中にぱらぱらと人通りがある。

コンビニへの一本道を歩いていると前から身長差のある男女のシルエットが見え、こちらに向かって歩いてくるようだった。

まだこの時間、人通りがあってもおかしくはない。

しかし、なんだか違和感がある。

段々と男女のシルエットとの距離が近くなったときにわかった。

男は厚着をしているのに女性側は水色の半袖ワンピース一枚。

(こんなに寒いのに何であんな格好してるんだろう)

前方の二人をちら見しながら、すれ違うのが何となく気まずく反対の歩道に渡ろうとすると、先程よりも距離が近くなった女の顔が街灯に照らされた。

女はチサさんと全く同じ顔、同じ髪型、同じ体型をしていた。着ている服こそ違うが、あとは自分とそっくりそのまま。

歩く速度を速めてコンビニに駆け込んだ。先程の女のことで頭がいっぱいになり、気もそぞろのまま缶チューハイを買って夜道を抜けてアパートに戻った。

震える手で玄関の鍵を開けて部屋に入ってすぐ。

クローゼットの中を確認した。

自分とそっくりなあの女が着ていた半袖のワンピース。自分も全く同じものを持っていたから。


あっ……。


ワンピースはクローゼットの奥にかけられていた。

ただ。ここに無かった方が良かった。

女がどうであれ、洋服は何十枚、何百枚と市場に出回るので同じものを持っている人がいたっておかしくない。

でも、その可能性はない。

このワンピースは、チサさんの亡くなったおばあちゃんの形見だった着物の生地で仕立てられたものだった。

水色で小花柄、生地が足りなかったのかウエストの部分は違う生地で切り替えられたデザインも全く一緒。おばあちゃんが若い頃に大事にしていた着物だと聞いていた。

形見であることより気味悪さの方が込み上げ、その場でくしゃくしゃに丸めてゴミ袋に投げ捨てた。

気付き

木根緋郷

洋服の怪談を聞き集めていると古着に関する話が多い傾向にあると感じる。

例え古着屋でもフリマサイトでも、基本的にその前の持ち主がいるわけであってその人物がどのような理由で手放したか、どんな経緯があってそこにあるのか購入者はわからない場合がほとんどである。そこにどこか怪談における因果関係を見出すからだろうか。

洋服にまつわる怪談でこんなこともあるのか、と思った話を紹介する。


龍太さんは都内の百貨店の紳士服売り場のとあるブランドでショップスタッフとして働いていた。その店舗で勤務して四年、この業界としては中堅にあたり副店長の役職だった。

それは日常のちょっとした〝気付き〟から始まった。

出勤退勤、休憩で店から出入りするとき。

こつんっ――。

店と目の前にある廊下の境目でつまずく。

（もう俺も歳とったんだろうか）

最初はそう思っていた。

百貨店のテナントなので開けており、出入口となると五か所程ある中、同じ場所でよくつまずいてしまう。お客様がいない時間帯に何気ない会話の中で店長にこの話をしてみることにした。

「最近あそこでよくつまずくんですよ。もう歳っすかね」

「えっ。ほんとに。俺も同じ場所でよくつまずくんだよ。あっそういやさ、あいつもつまずいてるの見たことあるし、お客様もつまずいてるの見たことあるな」

どうやら自分だけではないようだ。自分たちが転ぶのはまだよく、万が一お客様が怪我をした場合、会社としても百貨店としても大きなトラブルになる。すぐにその場所を確認することになった。

廊下との境目にあるフローリングが剥がれている、あるいは床に凹凸があるのか。

スタッフ総出で確認したのだがなんら変わったところはない。念の為本部に確認、施工業者が調査してくれるも異常無しの回答。取り敢えず様子を見てくださいという判断になった。

同じ時期。少し気にかかることがあった。

急に驚いたように立ち止まり、店内を不自然に見ながら去っていく人。

店内を遠くから指差して親に何やら話している子ども。

数メートル四方の区画で立ち仕事、ちょっとした変化でも気付くものである。

いずれも「みんながつまずく場所」を気にしているような仕草をする。

暫くしていつもと違うことは他にもあった。商品の返品依頼が続くのである。しかも全く同じもの。ブランドの定番で長年展開しているものの生地違いで発売したばかりの新商品、何故か同じ品番、同じ色のものを返品したいと持ってくる。

「これまだ着てないんで返品できませんか」

「すみません、理由をお伺いしてもよろしいでしょうか」

「いや、取り敢えず返品したくて」

日々の業務で返品対応はあっても、理由をはっきり言ってはくれない。時折、勢いで買ってしまった等、金銭的な問題で返金を求められるケースはある。それでもないようで、未着用の場合は同じ金額のものと交換対応を行った。

「交換とかも返金でもなくてもいいので返してもいいですか」

中にはそんな申し出をしてくる客もいて、そもそもが何万円もする商品なので、対応に困るケースもあった。

そんなとき、週に一回ペースで訪れる年配の常連客が来店、いつものようにカジュアルな言葉を交えながら接客をする。と、試着を勧めようとしたタイミングで常連客が言葉を遮り店内を指差した。

「途中にごめんね。入り口にいる黒縁眼鏡かけてるの四十代くらいかな、スーツの男の人がこの前からいつもいるんだけどさ。あの服見てる人ってお客さんかね」

前後の脈絡はなく、何より指を差した場所には誰もいない。そこで最近の出来事が頭をよぎった。

みんながつまずく、不自然に見ている入り口。

数秒の間をとってしまったかもしれない。機転を利かせて笑顔で返した。

「それは他のお客様でらっしゃいますか」

「そうか。知らないのか。何かあったらお祓いしたらいいよ」

唐突にそんなことを言われ、焦ってしまい真面目な顔で答えた。

「お客様、幽霊とか苦手なんで。すみません」

「ごめんごめん。でもねえ、まあ、そのうちいなくなるから大丈夫だよ」

気になる言葉を残して常連客はいくつか購入して帰っていった。が、それきりぱたっと来なくなった。


数日後の閉店間際。龍太さんの働いているブランドの紙袋を持った男が、申し訳なさそうに店に入ってきた。

「先週買わせてもらった服、返品したいんですけど」

返品の申し入れが立て続けにある新商品だった。自分が接客し、最後の一点を購入していった方。

「何か商品に問題がありましたでしょうか」

「すみません、取り敢えず返したくて」

理由もはっきりせず対応も困る上、ようやく完売した商品が一点だけ戻されても売りづらいのもある。今回は強気に詳細を聞いてみると、言いにくそうに話してくれた。

「変なこと言ってるのはわかってます……買って持って帰って袋開けてみたら、なんとなく自分のものではない感じがして。気のせいだとは思ってます。でも段々触るのも嫌になってきて……それにこれ買ってから一人暮らしなのに人の気配がするんです」

もちろんそんな理由で返品も交換も受けることはできない。丁重に断ると男は浮かない顔でこう言葉を残して帰っていった。

「そうですよね、すみません。自分でどうにかします」

説明はつかないが、頭の中で点と点が繋がった感覚があった。

不自然なことがある入り口にあるハンガーラックに、返品が多発する新商品が陳列されていた。

以降、入り口で何か起きることはなく心なしか店内が明るくなった気もする。あの常連客も三ケ月程たってから来店、接客している途中に呟いた。

「やっぱりいなくなったね」

それからはまたよく来店してくれるようになった。

「――あの常連客が言っていた『そのうちいなくなるから』っていうのは『あの新商品が売れてここからなくなったら一緒にいなくなるから』っていう意味だったのかなって思うんです」

新品として並ぶ服でも、デザインし、生地を織り、縫製し、倉庫で検品し発送、売るショップスタッフ、たくさんの人が介在している。その工程で何かしらの怪異の因果が起こってもおかしくはない。

龍太さんが今でも気にかかることがある。

「それ買って再来店する人いなかったんですよ。んーまあ、返品お願いしたから、気まずくなったからかもしんないですけど。それでも普通のデザインだし何枚も売ってたのに全員来なかったんでね」

叱咤激励

木根緋郷

　ナオトさんは新卒で営業職に就職が決まった。

　着なれないスーツを着て主に取引先との会社を回り、商談をする仕事。一ヶ月をすぎた頃に先輩から指摘された。

「お前、毎日同じネクタイじゃないか。スーツは仕方ないけどな、ネクタイ変えるだけで雰囲気変わるし偉い人とも会ったりするんだから」

　言われてみると先輩たちはみんな同じスーツ、ネクタイを連日身に着けていない。当のナオトさんは父親からのお下がり二本で回していた。何本か増やそうと思うも、新しく買うのは気が引ける。

（中古でいいからネットで済ませられないかな）

　オークションサイトを見てみると目を引くものが出品されていた。

【ネクタイ十本セット　まとめ売り】

　あげられている画像を見ると色柄共に無難に合わせやすそうなものばかり。有名ブランドのものもあり状態も良さそうだ。価格を見ると二千円。

（どうせ仕事で使うものだしこれでいいよな）

　すぐに入札をして落札することができた。数日して届けられると翌日から着用して出勤した。

思い入れがなくてもネクタイが違うだけで雰囲気も気持ちも変わるものだ。

その中で一本お気に入りがあった。エジプトの壁画にありそうな特徴的な柄で一番使いにくいと思っていたが、社内でも取引先でも「それ格好いいね」と褒められ、それが自信に繋がっているのか商談も上手く行く。これを締める度に身も引き締まる気持ちになる。ここ一番という勝負のときの御守りにしていた。

外回りで街を歩いていたとき。信号待ちの先で六十代くらいの仕立てのいいスーツを着た男性に目が留まった。

（あのおじさんカッケエ。あんな風に歳とれたらいいよなあ）

信号が青になって男性とすれ違うと、さっきは気付かなかったが自分と同じネクタイを締めていた。一瞬でも憧れた人と同じものを持っていると思うと嬉しくなった。

それからだった。街でそのスーツの男性とすれ違う。近くのエリアならそんな偶然もあるだろうが、出張先のコンビニにいたときには流石に気味が悪くなった。持っているのも嫌になり同僚に説明はせずに押し付けた。

「これ使わないからやるよ」

「おっマジで。いいやつしてるなって思ってたんだよ」

三ケ月程たった頃。

ネクタイをやった同僚から声をかけられた。

彼はクラブ通いが趣味。その日も女の子を誘ってホテルに行き、身を寄せていると「ごめん、気分が悪くなった」と断られることがあり、タイミングは決まってそのネクタイに触れられたときだと話す。

この二人の体験がきっかけで仲間内で持ち主が変わっていった。

心霊スポット巡りが好きな友人が面白半分で受け取ったところ、ネクタイをした男が何度も枕元に立ち、何かを必死に問いかけている姿を見たという。

劇団員の友人が舞台衣装としてもらい受け、舞台にいると毎回客席に同じネクタイをした男が座っており、終演後に確認すると該当する人間は見当たらず。

漫画家の手に渡ると、その日から線香に似た香りが付きまとうようになりすぐに気味が悪くなってジップロックに入れた。

この漫画家がマコトさんに詳細を聞くこととなり、オークションサイトの画面を再度確認してもらったところ、商品説明の欄にこう記載があった。

【ネクタイ十本セット　まとめ売り】
セット販売のみ。有名ブランド●●や▲▲も入っています。
校長を勤めていた父の遺品の為、格安出品となります。
※ノークレーム、ノーリターンでお願いします。

現在。この怪談を書いている私の首元に締められている。

ブレンド珈琲

木根緋郷

ニイナさんは純喫茶のアルバイトに応募した。

面接ではありきたりな志望理由を建前として無事働けることになったが、一番のきっかけは『制服が可愛いかったから』

昔ながらのクラシックな内装の店内で、メイド服のようなデザインの制服を着ながら仕事をすることに憧れがあった。

「じゃあ来月からきてもらうかなと思ってるんだけど、それまでに制服用意するから七号から十一号のサイズを履歴書に書いて送ってくれるかな」

履歴書の備考欄に「九号Mサイズ」と記載して送った。

勤務初日。先輩に簡単な研修を受けながら仕事をしていく。

身体がなんだか動きづらい。

本当のサイズは「十一号Lサイズ」のところ九号を選んでしまった。そのせいで可動域が狭く思うように業務をこなせなかったが言い出せず「頑張って痩せればいいよね」という気合でどうにかアルバイトを続けていった。

半年過ぎた頃には、一通り業務を覚え、注文を受けてコーヒーやケーキを出すお客様対応も一人前にこなせるようになった。楽しく過ごしていたある日、仲の良い先輩とランチへ行き制服の話題を冗談めかして話した。

「先輩、最近太っちゃって。制服キツくて動きにくくなっちゃったんですよー」

この半年で体重は相変わらず。また見栄を張ってしまった。

期待していたわけではないが先輩は気を遣ってマスターに相談してくれたようで、翌日一つ大きいサイズの十一号を用意してくれた。

これで快適にバイトができる。

そう思いながら新しい制服に袖を通す。やはり程よいゆとりがあってスムーズに身体が動く。これからもっとバイトが楽しくなるだろう。

客から注文を聞き、コーヒーをテーブルに運び、別のテーブルを片付ける。

もう慣れた業務のはずなのに身体の動きが鈍い。腕や全体の可動域こそ広がったのはわかる。それでも仕事がしづらい。重みを感じる。

布面積が大きくなったから？

生地の量なんてそれでも微々たるものだろう。

まだ新しくて生地が硬いから？

肌触り自体は今まで着ていたものと違いはなさそうなのに。

バイトの時間が終わり、更衣室で着替える頃にはどっと疲れていた。普段と同じ仕事しかしていないし、こんなに疲れる程の心当たりがなかった。

次のバイトも、その次のバイトも疲れたと感じることが多くなった。今まで滅多にすることのなかったミスも目立ちだす。

「頼んだのアイスティーだよ」

「コーヒー二つもきたんだけど、これどうなってんの」

多くは注文の聞き違い。常連さんから指摘されたときは冗談かと思って聞き返してしまうくらいミスを頻繁に起こしてしまっていた。

そんなある日、若い女性三名のグループが来店、オーダーを取りにいった。

「ご注文は如何《いかが》なさいますか」

順番にオーダーを聞くと確認の為に復唱した。

「アイスティーとケーキのセットお二つと、ブレンドとケーキのセットのお一つですね。かしこまりました」

注文内容を復唱してからテーブルから離れようとした。

「あの、お姉さん、あたしコーヒー頼んでないです」

また聞き間違えてしまった。

「すみません……再度ご注文お伺いします」

注文を取り直そうとすると、連れの二人が声を合わせた。

「えっ」

「えっ、ブレンドって注文してたよね」

話を聞くと、二人も確かにブレンドという注文を聞いていたと説明してくれた。

「わたしたちはアイスティーセットを『同じで』って頼んでから、そのあと一人だけメニューを見ながら『ブレンドで』って言ったじゃん」

　女性客は一人詰められる形になり、深くため息をついて呟いた。

「絶対に反対側からブレンドって聞こえたんです。さっき注文するとき邪魔だなと思って」

　後ろに座っていたサラリーマンが割って入ってきた。

「さっき俺もブレンドって聞こえたけど。店員さんは悪くないよ。あんたが間違ってるんじゃないですか」

　お客さんの勘違いという雰囲気で落ち着いたが、それはそれで収まりが悪い。

「本当に大変失礼いたしました。ご注文再度お取り致します」

「……あの、言いにくいんですけど、疲れているんじゃないですか」

「そうかもしれません。申し訳ありません」

「気を付けてくださいね」


　厨房に戻るとマスターが心配をしてくれた。

「最近ミス多いね。ずっと何もなかったのに。学校大変なの」

　疲れがとれない毎日が続いていたのは事実。一か月だけバイトを休み、学業に集中することになった。

　更衣室に入り制服を脱ぐと、ずっと背負っていた重いリュックを降ろしたかのように身体が楽になる。憧れていた制服を着ることすら負担になるほどに、バイトをイヤになっている自分に気がついた。

帰宅してからも夕飯をとることもできずリビングでぐったりとしていると、小学生の妹が夜食で即席麺を作ってほしいとねだってきた。明るい妹の姿に元気が戻った。自分でもそのくらいなら一緒に食べられるだろう。

キッチンで準備をしている最中、妹が声色を変えて背中越しに話しかけてきた。

「店員さん、コーヒーおねがいします」

喫茶店ごっこだろう。ブラックが苦手なのをわかっていながら意地悪な返答をした。

「かしこまりましたーブラックでよろしいですか」

「ブレンドでおねがいします」

小さい妹が〝ブレンド〟という言葉を知っていることに驚いた。

「ブレンドでございますね！　かしこまりました」

「え、え、私ブレンドなんて言ってないよ」

「えっ……今言ったよね」

今日のミスのことを思い出して気分が落ちてしまった。複雑な気持ちで食事を済ませ、学校から出された課題を終わらせようと自室に向かった。

机に向かってどのくらい時間がたったのか。背後に気配と視線を感じる。

顔を上げて置いてある鏡を見てみると、ドアの前に黒い影がうごめいている。

頭と身体、だんだんと人の形になっていった。やがて口元だけはっきりと見えると、何度も同じ言葉を繰り返すように動かしている。

振り向くと影はなかった。

ドアノブにはトートバッグが掛けられている。

中には洗濯をするために持ち帰った制服がある。

さっきまではキッチンの椅子の上に置いていた。


翌日、制服を店からクリーニングに出してもらおうと電話をかけた。

「そういえばこの制服、すぐ用意してもらいましたけど前に誰か着てたんですか」

「前に働いていた子が着ていてね。元々常連さんだったんだよ。半年もたたないうちにいきなり御両親が訪ねてきて辞めさせてくれって言ってきてさ」


電話を切ったとき、女性客の言葉を思い出した。

――お姉さんの反対側（背中）から聞こえたんです。

――疲れてる（憑かれてる）んじゃないですか。

全て考えすぎなのかもしれない。

親に制服を返しに行ってもらった。それ以来、店には行っていない。

ウエットスーツ

内藤駆

「何年かぶりに会ったと思ったら、お金を貸せって？　アナタ、東京で何をやっていたの」

場所は都内近郊のとある寂れた公園の隅。時刻はまだ午前七時前。

ヒナタさんは、久しぶりに再会した弟のハルトに怒りをぶつけた。

ハルトは数年前、高校を中退し、実家の金を盗んで東京へと家出をした後、ずっと音信不通だったのだ。

一方、ヒナタさんは真面目に大学を卒業後、同じく東京の企業に就職し、現在は一人暮らしをしていた。

目の前でヘラヘラと笑っている弟は、髪の毛を派手な色に染め、耳には大きなピアスをしていた。だらしなく上下グレーのジャージを着ており、袖口の手首からは、タトゥーが見え隠れしていた。

「何でお金が必要なのか知らないけど、困っているならまずはお母さんに連絡しなさいよ。ずっと心配していたんだから。亡くなったお父さんの葬式にも帰ってこないし……」

東京で変わり果てた姿の弟に嫌悪感を抱きながら、ヒナタさんは更に声を荒らげる。

「いやぁ姉ちゃん、すまなかったよ。積もる話は後にしてさ、とにかく今は纏まった金が必要なんだ。頼むから融通してくれよ」

ハルトは手合わせ、ヒナタさんに大袈裟な動きで何度も頭を下げる。

姉弟はとりあえず、公園の小さなベンチに一緒に座る。ヒナタさんがハルトに幾ら借りたいのかと訊くと、結構な額面だった。

普通のＯＬであるヒナタさんには、すぐに用意できる金額ではない。

「何よその金額、あなたの何か危ないことをしているんじゃないでしょうね⁉」

隣のハルトは頭を項垂《うなだ》れ、ポケットから煙草を取り出した。

「そうだよ、今ヤバい奴らに追われていてさ……」

ハルトがそう言いかけたとき、ヒナタさんは弟の足元を見て驚愕した。

ハルトの着ているグレーのジャージが、足元から上へとどんどん黒く染まっていくのだ。

「ハルト、あんたそのジャージ……」

ヒナタさんは震えながら弟の身体を指差す。ハルトのグレーのジャージは、首より下全てが、あっという間に黒いウエットスーツを着ているかのように染まってしまった。

「……何を言ってるんだ。ジャージがどうしたって？」

ハルトは自身のジャージが、真っ黒に染まったことに気付いてはいないようだった。

「ハルト、あんた死ぬよ！」

ヒナタさんは涙目になって叫んだ。

「そんなデカい声を出すなよ。それなら弟が死なないためにも金を貸してくれよ」

ハルトは姉を軽く睨みながら、面倒臭そうに煙草に火を点けた。

「違うのよ、着ている服が真っ黒になると……」

ヒナタさんがそう言いかけたとき、ベンチに座っていた姉弟は、いつの間にかガラの悪そうな数人の男達に囲まれていた。

何が起こったのか理解できないヒナタさんは、不安げに男達を見回す。

全員、風貌からしてまともな商売の人間には見えなかった。恐らく反社か裏社会の人間達だろうとヒナタさんは推測した。

「よう、ハルト君。こんな所で朝からデートとはお盛んだねぇ」

男達の中で、唯一高そうで立派なスーツを着た、眼鏡の長身男が明るい声でハルトに話し掛けてきた。

「や、やあ、カドワキさん。よくここが分かりましたね」

身体が真っ黒に染まったハルトは、カドワキという眼鏡男を見るなり震え出した。

表情が凍ったように強張り、明らかにカドワキを恐れているようだった。

「探し出すのに苦労したよ～。さあ、行こうか」

カドワキと呼ばれる眼鏡男は、彼の部下らしき男達に命じて、ハルトを無理矢理ベンチから立ち上がらせる。

「終わった……」

ハルトは観念したのか、男達に首根っこを掴まれながら、抵抗もせずに素直に連行されていく。

「じゃあ、お嬢さん、サヨナラ。余計なお世話だけど、付き合う男は選んだほうがいいよ」

カドワキは去り際に、手を振ってヒナタにそう言った。

「あの、弟は何をしたんですか……殺されちゃうんですか？　弟、ジャージが真っ黒に染まっているから」

ヒナタさんは泣きながらすがるようにして、カドワキに訊いた。

するとカドワキは足を止め、ヒナタさんに対して驚いたように目を大きく見開いた。

「ああっ、アンタはハルトのお姉さんだったのか、これは失礼失礼。それにしてもジャージが黒い？　そうかそうか」

カドワキはニヤつきながら大袈裟に頷く。

「うーん、弟さんが何をしたか教えると、お姉さんも連れて行かなきゃならないんだよ。そんなの俺も嫌だからまあ、察してよ」

カドワキは笑いながら、ヒナタさんの肩を軽く叩いた。

同時にヒナタさんの耳元で「お姉さんも衣服が黒く染まるのが見えるんだねぇ、死ぬ直前の親族が……実は俺も見えるんだ」と囁くように言った。

それを聞いてヒナタさんは愕然《がくぜん》とした。

「どうすれば、助かるのですか？」

ヒナタさんはダメ元で訊くとカドワキは、一瞬困惑したような表情を見せた。

だがすぐに真顔になって「さあ、分からないなぁ。身体が黒く染まったオレの家族や親戚は、皆その後、確実に死んだ。お姉さんの見てきた人々もそうじゃなかったかい？」

カドワキの言う通りだった。

ヒナタさんの祖父母や父親、二人の伯父さんも、皆亡くなる直前に衣服が闇夜のように染まり、まるで黒いウエットスーツを着たように見えたのだ。

そしてこの能力については、ヒナタさんは今まで誰にも相談したことがなかった。

「という訳で弟さんは気の毒だけど、まあ今日のことは黙っててくれない？　お姉さんも自分が黒く染まるのは嫌だろ」

カドワキは再び笑いながらヒナタさんの肩を軽く叩いた。しかし、眼鏡の奥にある目は笑っていなかった。

カドワキ達が去った後も、様々な恐怖が複雑に絡みつき、ヒナタさんは暫く公園で動くことができなかった。

その後、ヒナタさんはハルトに何度かメッセージを送ったが、返信はない。

「ハルトは恐らくもう……母親にはまだ弟のことは話していません」

ヒナタさんは悲痛な顔で語る。

ちなみに「亡くなる直前、その親族の服が黒く染まる」という現象を、最初に目にしたのは
ヒナタさんが幼稚園児の時で、その時衣服が黒く染まったのは彼女の祖父だった。

またこの現象について、ヒナタさんが他人に話したのは今回が初めてだという。

見せしめ

内藤 駆

浩明さんが、地方都市のとある企業に就職して三年目の出来事だったという。

その夜、浩明さんはオフィスで、彼の先輩と二人で残業をしていた。

やがて午後十時を過ぎる頃になって、漸く仕事に区切りが付いた。

「浩明、お前はもう上がれ。ここまでくれば後は俺一人で片付く」

先輩は給湯室に置いてある中身の詰まったゴミ袋を、地階のゴミ庫に捨てたらそのまま帰っていいと浩明さんに言った。

お言葉に甘えて浩明さんは帰り支度をし、ゴミ袋を持つとオフィスを後にした。

会社のビルの地階は商品の在庫を保管する倉庫になっており、その隅に各種ゴミを一時的に集めておくためのゴミ庫があった。

「そういえば最近、ゴミ庫を中心にこのビル内でネズミがよく出るって聞いたな。俺はまだ見ていないけど」

そんなことを考えながら、浩明さんがゴミ庫の扉を開けて中を見るなり、彼は絶句した。

ゴミ庫内の床に、破れたパック酒が落ちており、中身がぶちまけられていた。

そしてゴミ庫内は、アルコールの臭いで充満していた。

パック酒の周りには三匹のネズミがいて、浩明さんのことを見上げていた。

ネズミ達は三匹とも、人間が着る半纏《はんてん》のような物を身に纏っていた。

浩明さんの話では御丁寧に三匹とも、着ている半纏の色や模様が違っていたという。

また二本足で立って、浩明さんを見つめるネズミ達の顔は何処か人間臭く、明らかに突然の招かれざる来客に対して、かなり動揺しているといった表情だったらしい。

その光景は、まるで絵本か幼児向けアニメの一場面のようだったそうだ。

浩明さんのほうも面食らって、ゴミ庫の扉を開けたまま立ち尽くしていると、三匹のネズミ達はサッと散るようにゴミ庫の奥や隅へと逃げていった。

浩明さんは沈黙したまま、ゆっくりとゴミ庫の扉を閉める。

「人間って少し疲れたぐらいで、こんな簡単に幻覚を見るものなのか？」

浩明さんは一階のエントランスに上がると、自販機で普段は飲まないエナジードリンクを買って一気に飲み干した。その後、トイレに行って顔を洗うと再び地階へと向かった。

「大丈夫、俺は正気だ。寝ぼけてなんかもいない」

階段を下りる途中、浩明さんは自分の頬を両手で軽く叩いた。

浩明さんが、やや躊躇いながらゴミ庫の扉をゆっくりと開けると、さっきまで床にあったはずの破れたパック酒とその中身はなく、充満していたアルコール臭も消えていた。

その代わり、奥の壁面に三着の小さな半纏が画鋲《がびょう》で貼り付けられていた。

貼り付けられた半纏は全て、血のような赤い液体で汚れていたという。

色や模様からして、恐らく酒の周りにいた三匹のネズミ達が、それぞれ着ていた半纏だろうと、浩明さんは確信した。

浩明さんは勇気を出して、貼り付けられた半纏を間近で観察してみたが、人間の血液と同じような鉄臭さが彼の鼻を衝いたので慌てて後退した。

「……人間に見られてはいけなかったのか？」

そう思った直後、浩明さんはゴミ庫内で無数の強い視線を感じたという。

姿は見えないたくさんの何かが、浩明さんのことを囲み、監視しているようだと。

またそれらの視線が決して友好的なものではないと、浩明さんは本能的に察した。

浩明さんは恐怖で高鳴る胸を押さえ、ゴミ袋を中に放り捨てると自身を落ち着かせながらゴミ庫の扉を閉めた。

それと同時に彼は、何かに監視されているという圧迫感から解放された。

トントントントンッ！　パタパタパタパタ～！

地階の天井から、壁の中から、床下から何か大量の小さなモノが移動するような音と、それに伴う振動が一斉に走っていき、すぐに静寂が戻った。

浩明さんは我に返ると、猛ダッシュで一階まで階段を駆け上がり、ビルの外へと逃げた。

翌日、浩明さんが出社しても、ゴミ庫で何かトラブルやおかしなことがあったという話は耳に入らなかったそうだ。

またあの夜以来、浩明さんの働くビルでネズミが出るという話はピタリと止んだらしい。

「今、妹がチンチラを飼っていて、凄く可愛いから自分もと思っていたのですが……あの夜以来、ネズミ類を見る目が変わってしまって」

浩明さんは現在、別のペット候補を探しているという。

「猫ならネズミの天敵だから守ってくれますかね？　でも、相手は多勢に無勢だから。それに最近の飼い猫はネズミを怖がる子もいると聞きますし……」

浩明さんは力なく笑って話を終えた。

白ツナギ

内藤 駆

深見さんは現在、都内にある某飲食チェーンの社員として忙しい毎日を過ごしている。

そんな彼が今年の春、数年ぶりに祖父母の住む茨城県の実家に行ったときの体験談だ。

「仕事を頑張るのも結構だが、偶には婆さん達に顔を見せてやれ」

ある日、自分の父親に電話でそう言われ、深見さんはレンタカーを借りると、今も元気に農業を営む祖父母の住んでいる実家に向かった。

「ここら辺りは今も昔も、畑ばかりで変わらないなぁ」

深見さんは農道をゆるゆると走る。もうすぐ実家に着く、というところまで来たとき。

実家のすぐ前にある祖父の所有する畑の真ん中に、白いツナギ服が一着、立っていた。

誰かが着ているのではなく、本当にツナギ服だけが農道のほうに前面を向け、腕の部分をだらりと左右に下げて直立していたのだ。

「あれは……案山子か？」

深見さんは運転に気を付けながらツナギに注目したが、案山子にしては立たせるための支柱などが見当たらない。

畑は休耕地なのか何も植えていない裸状態なので、はっきりと白いツナギとその周辺を確認することができた。そのツナギは新品のように真新しかったという。

一見すると白いツナギを着た透明人間が立っているようだった。夜に車のライトなどに照らされて急にそれが目の前に現れたら、かなり不気味な光景に見えるかもしれない。

「確かこの辺りは、昔から何故か鳥害が殆どないって聞いていたよな。子供の頃から案山子なんて見かけなかったのに……」

実家に着いた深見さんが車から降りると、祖父母が彼を温かく迎えてくれた。

その後は夕飯で祖母の手料理を食べながら、深見さんは自身の近況報告をした。

東京で奮戦する孫の話を、祖父母達は満足そうに頷きながら聞いてくれた。

そのまま晩酌タイムへと突入したが、深見さんは畑に立っていた白いツナギについて、祖父母に訊ねるのを忘れてしまった。

その後、深見さんは昔、自分の父親が使っていた二階の部屋に布団を敷いてもらった。

ほろ酔い気分で寝転がってスマホを見ていたが、ふと白いツナギのことを思い出した。

障子を開けてガラス戸越しに、夜の畑を二階から見下ろす。

都会と違って周りに明かりが殆どないので、外には暗黒の空間が広がっていた。

そんな真っ暗闇の中、家の明かりに照らされたツナギは畑の真ん中で僅かに白く光っていたので、昼間と同じように立っているのが確認できた。

畑に立つ顔も手足もないツナギが、何となくこちらを見ているようで気味が悪くなった深見さんは、障子を閉めるとすぐに布団に入って寝ることにした。

明け方、深見さんは一階から流れてきた、聞き覚えのあるメロディーで目を覚ます。

実家の一階に設置してある固定電話の着信音だった。

時計を見ると、まだ午前五時を少し過ぎたばかりだった。

着信音がずっと流れ続けているが、階下にいるはずの祖父母達は、一向に電話に出ようとはしない。

「何をやってんだよ、じいちゃん達は」

深見さんはまだ眠い目を擦りながら、一階に下りて固定電話の受話器を取った。

「もしもし」と深見さんが、受話器に向かって気怠そうに言った。

「ぶっ、ぶっ、ぶっ、ぶっ殺す、ぶっ殺しに行くからな!!」

受話器の向こうから、いきなり野太い男の声でそんな台詞が飛び出てきたので、驚いて一気に目が覚めた深見さんはすぐに電話を切った。

そして祖父母の寝室に行って電話のことを報告しようとした。しかし、布団は敷いてあったが二人の姿は見えない。

台所や居間にも行ってみたが、祖父母の姿は見つからなかった。

「じいちゃん達、今日は畑仕事をしないと言っていたはずなのにな」

一人で静かな家の中にいるのが少し怖くなった深見さんは、寝間着のまま外に出た。

祖父母の乗用車やトラックは、ガレージに置かれたままだ。

ふと玄関の辺りから畑のほうを見ると、昨日のツナギが立っていた。

しかし昨日と違って白かったツナギは、明らかに汚い薄茶色に変色していた。

不思議に思った深見さんは、近くでツナギを観察するために畑の中へと向かった。

深見さんが畑の土を踏みしめながらツナギの二、三メートル前まで近寄ると、今まで直立していたそれはバサッとその場に崩れ落ちた。やはり支柱となるような物は見つからない。

ツナギは長年使い古したように薄茶色に変色しており、腹の部分には何か刃物で裂かれたような大きな穴が空いていた。更に穴の周りは赤黒く染まっている。

ツナギの不自然な穴を見て、深見さんはいろいろと物騒な想像をしてしまった。

曇り空の中、地方の農村の朝は恐ろしく静かだった。

「ぶっ、ぶっ、ぶっ、ぶっ殺す、ぶっ殺しに行くからな!!」

突然、深見さんの耳元で野太い男の声が響いた。

仰天した深見さんは、声を上げて振り向いたが裸状態の畑には自分一人しかいない。

更にいつの間にか、薄茶色に変色したツナギも地面から消えていた。

深見さんはパニック状態になりながら、急いで実家に戻った。

家の中では祖父が居間で新聞を見ていた。祖母は台所で朝食の準備をしている。

「何だ、こんな朝早くから着替えもしないで散歩か?」

祖父は新聞から目を離さず、何事もなかったかのように訊いてくる。

「……そう、散歩だよ」

深見さんは畳にどっかと座り込んだ。

祖父母達の顔を見られた安心感からか、全身の力が抜けてしまい、深見さんには電話のことや畑のツナギのことを訊く気力は残っていなかった。

朝食を終えると祖父母に別れを告げ、深見さんはレンタカーに乗って実家を出た。

車内から畑を見ると、また真新しい白いツナギ服が、何の支えもなく立っていた。


それから暫くたった夏の初め、深見さんの父親に祖父からメールがきたという。

メール内容は、例の白ツナギが立っていた畑についてだった。

「少し前、畑に植えた作物の苗が一晩で全て赤黒く変色し、腐って枯れてしまった。こんなことは今までなかった」

祖父からのメール内容を聞いた深見さんは、薄茶色に変色し、腹部に赤黒い穴の開いた状態のツナギのことをすぐに連想した。

そして深見さんは思い切って父親に不思議なツナギのことや、野太い声の男からの殺人予告じみた電話について話してみた。

話を聞いた父親は一瞬、信じられないといった表情を見せたが、否定はしなかった。

そして暫く考え込んだ後、深見さんにこんな話をした。

深見さんが生まれるずっと前、あの畑で陰惨な事件が起きたことがあったのだという。

当時、祖父の知り合いの農夫でAとBという人物がいた。

ある日、二人はよりによって祖父の所有するあの畑の上で喧嘩を始めた。

原因は金の貸し借りだったらしい。それもごく少額の。

Bに金を貸していたAは厳しく返済を求めたが、Bはのらりくらりといい訳を繰り返すばかり。近くで話を聞いていた祖父は、Bを窘《たしな》めるが一向に埒《らち》が明かない。

すると遂にキレたAは、持っていた大ぶりの鉈でBの腹を力任せに切り付けたという。

Bの腹は着ていたツナギごと大きく裂け、激しく出血した。白くて真新しかったBのツナギは、腹部からの出血でどんどん赤く染まっていった。

祖父の通報により、Aはその場で凶器の鉈を持ったまま警察に逮捕され、Bは救急車で搬送されたが、病院に着く前に失血死したという。

「お前の見たツナギは、恐らく死んだBの物だろうよ。腹の穴、血に染まった状態、何よりも事件の起こった畑での目撃だ、間違いない。そして電話のぶっ殺してやる、という野太い声はAのものだろう。凄い剣幕でAがBに向かって、そんなような脅し文句を言っていたと、以前じいちゃんから聞いたよ。人間というのは金が絡むと、あんな恐ろしい声が出せるものなんだなぁと、じいちゃんも驚いていた。更に言うと、Aは事件当日のうちに警官の目を盗んで、留置場で首吊り自殺をしたんだ」

父親の話を聞いた後、あの畑で過去にそんなことがあったのかと強い衝撃を受け、深見さんは暫く声を出すこともできなかった。

「安易な考えかもしれないが、畑の苗を枯らしたのはAかB、或いは二人の怨念かもしれないな。じいちゃんには、もうあの畑を使うなと言っておこう。こんな話、他人にはするんじゃないぞ」

父親は深見さんに対し、最後にそう念を押して話を終えた。

しかし深見さんには、まだ腑に落ちない部分があった。

「どうして……何十年も後になってあの畑に白ツナギが現れたんだろう？　早朝の殺人予告の電話も。更には畑の苗を全て枯らしてしまうなんて。ＡもＢもじいちゃんには、何も恨みもなかったはず」

深見さんの問いに対して父親は、首を横に振って答えた。

「死んだ人間達の考えなんか、生きている俺達に理解できるはずがないだろう。だが強いて言えば……」

父親はやや躊躇いながら言った。

「お前が実家に行った日は、畑での事件発生日、そしてＡとＢの命日でもあるんだ」

畑の苗が全滅した後、祖父母や深見さん、そして彼の家族には幸いなことに何も変わったことは起こっていないという。

今のところは。

手拭い幽霊

雨宮淳司

　著者が最初に心霊とか幽霊とかの摩訶不思議なものに興味を持ったのは、いつの頃のことだっただろうかと思い返すと、「ああ、ひょっとしたらあれかもしれない」と記憶の底に引っ掛かるものがある。

　それは昭和四十八年に発行された少女漫画雑誌「りぼん〈六月号〉」の付録で、表紙を含めて百ページちょうどの小冊子である。

　全編が山岸涼子さんが描かれた「ゆうれい談」という作品で、これには山岸さんの身近に起きた怪談話が幾つか収録されており、多分心霊エッセイとしても、今日的な意味での「実話怪談」としても今に繋がるものとしては最初期の作品であろう。

　その末尾付近に寝間に現れ山岸さんが目撃した幽霊の絵が描かれているのであるが、これがこの頃流行していた怪奇少女漫画に出てくる数多《あまた》の奇人怪人怨霊妖怪を凌駕《りょうが》して遥かに怖かった。

　……何故なのか？

　後々、思い返して考えてみたのだが、まずこの幽霊、全然顔が見えていない。

　手拭いで顔全面が覆い隠されている状態なのであるが、手拭いによる覆面という訳ではなく、筒状にしたそれに頭をすっぽり入り込ませたという感じで、頬っ被りのように何処かに結び目がある訳ではないのだ。

筒状の手拭いが崩れず縦に安定していて、重力方向に逆らっているようにも見えるので、これ自体、ひょっとしたら幽霊にしかなし得ないあの世の被り物なのではないかと思えてきて、妙な説得感があるのだった。

表情が分からないし、何か話す訳でもないので、出現の意図が不明で全く意思疎通ができる感じがなくひたすら不気味である。

それに何かオチがある訳でもない話で、投げっぱなしという構造が持つ真実味の面で、新しい「味」があったのだと思う。


この手拭い幽霊の系譜に繋がるものに、フィクションではあるが、映画「リング」の呪いの映像の中に出てくる「指差し男」があると思う。

こちらも頭からすっぽり何か白い布切れを被っていて顔が見えない。

一般に相手の顔が見えないと、人間は不安が増してくる感覚を覚えるのであるが、これはそれが誰であるのか特定できないということの他に、その存在自体に危険なものを感じさせてくる何かがある。

「指差し男」の元ネタのことを中田秀夫監督が雑誌のインタビューで語っていたことがあるようなのだが、この件にヒントがあるかもしれない。

あるとき、中田監督がテレビを見ていると、連続幼女殺人犯の宮崎勤に関するニュースをやっており、本人立ち会いによる現場検証が行われていたのだという。見ていると宮崎らしき人物が現れるのだが、彼はジャケットを頭から被っていてはっきりとは顔を見せなかった。

中田監督はその姿に「何ともいえない邪悪な何か」を感じたのだそうだ。


「顔を見せない幽霊」というのは実話怪談を読んでいると、時々お目にかかる。

では、手拭いで顔を隠した幽霊というのはどうなのか？　そういう類話があったら是非聞いてみたい、とは兼《か》ね兼《が》ね待望していたところであった。


ある夜、馴染みのバーで飲んでいたときのことだ。

これまで書き連ねてきたようなことを、友人に蕩々《とうとう》と話して聞かせ、

「でも、手拭いで顔を隠した幽霊なんて、その後全然聞かないんだよね」と、愚痴った。

すると、それまで明後日のほうを向いて葉巻を燻らせていた客の一人が、

「私、手拭いを被った……幽霊かどうかはよく分からないんですが……変なものは見たことがありますよ」と、唐突に話に参加してきた。

「え？　そうなんですか？」

こういうことは、ごく希にだがある。実際、それで数編書いているので、この偶然自体には驚かなかったのだが、「手拭い幽霊」というウルトラレアなケースだったので、私は気色ばんだ。

その客は結局名乗ったりはしなかったのだが、出張の多い仕事で各地を飛び回っているそうで、九州のある地方都市に行った際、夜遅くにホテルを目指して土地勘のない街路を歩いていた。

入り組んだ路地で方向を見失って、建物の隙間から高層ビル等のランドマークの明かりを探していると、少し離れた飲食店の壁の前に、電柱の陰に隠れるようにして女が立っていた。

「髪が長いのと、体つきから中肉中背の若い女性だと思ったんですが、ギョッとしたのはその人、頭から白地に紺の文様の入った手拭いを被っていたんですよね」

「被っていた？　どんなふうにです？」

筒状に、だったら最高なんだがと思いながらそう言うと、

「所謂『吹き流し』っていう」

「……ああ、ただ頭から被るだけの。……時代劇に出てくる夜鷹なんかがよくやっている」

「そうそう。で、ちゃんと手前に垂れた片側を口で咥えているんですよ」

格好はどうだったのか気になって訊くと、

「服装は、普通の事務員が着るような地味な感じのスーツで……。で、ですね。その手拭いの隙間から見える顔の上半分なんですが」

「ええ」

「そこも手拭いが当てられている感じで」

「……？　目隠しをしている？」

「それが……左目の辺りが三角形に切り取られていて、そこから中の左目が見えるんですが、外国人みたいな青い瞳で、それが……何と言って良いのか……キラキラ光っているんですよ」

「光る？」

「虹色に……カメラのハレーションみたいに」

「それって」私のツレの友人が口を挟んだ。

「三角形の中の左目っていえば、あれじゃないんですか？　確か『真理を見通す目』とかいう」

「……ああ、『プロビデンスの目』！」

　神の全能の目を表したキリスト教の意匠だ。最近では、陰謀論関係でお馴染みだが……。

「それで、私が立ちすくんでいると、その女がスタスタと近付いてきてポンと畳んであった手拭いを手渡してきたんです。で、戸惑っているうちに別の路地のほうへ消えてしまいました」

「手拭い？」

「多分、女が被っていたものと同じものです。……変な柄のもので……気味が悪いから捨ててしまおうかなと思ったのですが、気になってしまって……後日、調べてみました」

「……」

「全体に四文字のフェニキア文字が、繰り返しびっしりと染め出してありました。意味は『ヤハウェ』。……ユダヤ教及びキリスト教における唯一神の御名ですね。この四文字は聖四文字《テトラグラマトン》と言って……」

　――いや、俺が欲しかったのは手拭いで顔を覆った普通の幽霊の話で、そんなキモチワルイ話じゃないんだよ。

　私は、もっと酔いたくなって酒を三人分、追加で頼んだ。

スワトウの刺繍

雨宮淳司

川俣さんの趣味は、バイクでのツーリングだった。

以前はアメリカンタイプのクルーザーを所有していて、ロングツーリングによく出かけていたが、結婚して余暇時間がなくなってくると行動範囲も狭くなり、それは新居への引っ越しの際に手放してしまった。

代わりに、近辺の山道などを走るのに便利なオフロードバイクを、中古で一台買っていた。が、最近では子育てに追われてそれも車庫で埃を被りがちになってしまっている。

ある日曜日に目が覚めてみると、妻は子供を連れて数日間の予定で帰省しており、家の中は白々とした午前の光と静寂に満たされていた。

たっぷりとした時間が夜までの間に残されているという感覚が、それにはあった。

よくこんな日は……と考える。

知らない道を勘だけで走って、随分遠くまで行ったものだが。

未知の土地はそれを見物するだけで、心が逸って楽しかったものだ。

けれど、もう自分もそこまで若くもないし初々しくもない。疲れも溜まっているから、今日はやはりゆっくりしようかと思って一旦はソファーに座ってテレビを点けた。

だが、天気予報の女性アナウンサーが、今日は終日晴天だと告げた途端、どうした訳か無性に外に出たくなった。

夏用のライダースーツを取り出し、いそいそと身支度して車庫のほうへ向かう。

何なんだろう？　独身時代への郷愁なのだろうか。

……まあ、そんなことを考えていても仕方がない。体重を乗せたキック一発でエンジンが始動したのに気を良くして、目的地を決めない川俣さんのミニ旅が始まった。

川俣さんはこの田舎町の裏道は大抵知り尽くしていたが、概ね平坦で面白そうな山越え道や軽快に走れるような長い直線は少なかった。

暫く交通量の多い国道をおとなしく走って、曲がったことのない交差点でわざと左折した。

県道レベルの道だが、何となく山へと向かっている。

適度なカーブも多く、こんな所にお寺があったのかと新味のある風景が広がっていた。

やがて、見覚えのある道へと合流し、このまま行けば峠越えだと道路標識で見当が付いて、何だか楽しみが終わった気がした。

峠と言っても、トンネルが貫通しており、それは普通の道路と変わりはない。

だが、「そういえば、この先のダム湖の周囲は回ったことがなかったな」と、ふと思い付いた。

道は見る間に標高が上がり、周囲は山地の風景となった。ダム湖を周回する道への入り口を見つけ、減速してそちらへ向かった。

説明看板があり、一周五キロとのこと。ダム湖の水量は最近結構な長雨があったためか、恐らくは満水に近く見応えがあった。

周回路を、ゆるゆると走る。

時々、スマホを取り出して写真を撮った。

登山道への分岐があるらしく、一組だけ人を見かけたが、その先に続いている周回路には誰もいない様子だった。

そちらへ行くと、やたらに落石注意の標識がある。

実際、そこここにそれを見つけ、これでは飛ばせないな、とがっかりした。


一番奥まった部分に着いてみると、道の傍まで木が生い茂っているのだが、その隙間からちょろちょろと水が流れて道幅を横断し「洗い越し」になっていた。

雨が降っていたときには、かなりの水量だったのだろう。流されてきた山砂や木の葉、それに砂利や小石が積もっており、水が溜まっている部分は、結構な水嵩だった。

乗ってきたのがオフロードバイクなので、川俣さんにとっては何と言うことはないのだが、自転車で来たりしていたらこれは突っ込めないだろうな、と思った。

入ってすぐに管理事務所の建物があったのだが、余りしっかり管理をしていないなと思い、写真を撮って文句を言ってやろうかと思ったが、また急に面倒臭くなった。

しかし、バイクを停めてしまったので、一旦降りてそこから見える湖のほうの写真を撮った。

そして、また道路の水溜まりのほうに目を移すと、濁った水の底に何か四角いものが沈んでいるのが目に留まった。

すぐに誰かが落としたハンカチだと見当が付いたのだが、どうも普通のガーゼのものとは思えない重量感がある。

気になって水から引っ張り出して泥の上に広げてみると、一面に刺繍のある凝ったものだった。

しかも立体刺繍で、空かした部分もあり縁をかがって丸窓のようになっている。

その周囲には花弁の意匠……周囲には小花が咲き乱れ……小鳥が飛び……。

川俣さんは、ハッと我に返った。

つい見入ってしまったが、そんな物には元々興味はない。泥水で黄ばんでいる上に得体の知れないそれを、まさか拾う気にはなれなかった。

しかし、何だか惹かれたのは確かなので、スマホで何枚か接写して写真に収めた。

その日は、それから峠越えをしてネットで見つけていたラーメン屋に寄り、大回りして海岸線の道を楽しんで帰宅した。

それから数日して、実家から戻ってきていた奥さんが、

「これ、何処で撮ったの？」と、スマホ画面の写真を見せに来た。

あのときのハンカチのそれである。

どうやら、共有しているクラウドの写真フォルダから見つけたらしかった。

「●●ダムの周回路だけど。……それが？」

「これって、汕頭《スワトウ》の刺繍だわ」

「スワトウ？」

「中国の広東省にある潮州の外港……香港より北の台湾寄りのところにある」

「へえ？　刺繍が有名なの？」

「有名も何も、西洋貴婦人がこれを持つのがステータスだったくらい。……写真のこれって、吉祥文様でホワイトワークのウェディングハンカチーフだと思うから、買えば十万円は下らないかも」

「へえっ」

川俣さんはまことに驚いた。そんな高価なものだったとは。

「拾ってくれれば良かったかな？」

「……まさか。流石に使う気はしないわよ」

奥さんは、けれど面白いので、これをブログのネタに使っていいかと訊いてきた。

全然構わないので、

「好きにしていいよ」と、返事をした。

その夜、夢を見た。

鄙《ひな》びた、死んだような路地を歩いていると、絢爛《けんらん》とした中華風の道教寺院が突如として現れる。

のし掛かるような奇怪な大屋根に驚いていると、仙女のような衣装を纏った少女が門の向こうからふわりと現れた。

「ここは何処ですか？」

「汕頭《スワトウ》」

それだけ言って、川俣さんの背後を指差した。

振り返ると、そこは轟々と濁流が渦巻く水路になっていた。

立っていた道が、不意に傾斜して水路に放り込まれた。

激流に激しく掻き回され、息継ぎに必死になったとき。

……目が覚めた。

生々しい夢で、このまま流されたら、何処へ行くんだと夢の中で直前に思った思考がまだ残っていた。

そして、落ち着いてから暫くして、ふと思った。

……あのハンカチは、山の何処かから流れてきたんじゃないのか？


翌週の日曜日、妙な疑念がどうしても晴れないので、

「ちょっと、走ってくる」とだけ言い置いて、またバイクでダム湖に向かった。

先週走ったばかりの道なので、呼吸を覚えてしまっておりかなり到着が早い。

あの、ダム湖の奥まった部分に行くと、水溜まりは全く変化のない状態でそこにあった。

あれから、殆ど雨は降っていないはずなので、樹木に隠れた山からの斜面が、多分沢のような状態になってしまっているのだろう。

あのハンカチは見当たらず、少し探すと道から一段下の狭い水路に落ちてしまっていた。

夢で見た水路を想起させ、そんな訳はないのだが反対側へとじわりと退避した。

そのまま、水の湧き出しているほうへ、歩を進める。

手前に茂った低木を掻き分けると、植林された杉の規則的に並んだ幹の間を、てらてらと光る水の流れが奥へと続いているのが見えた。

イノシシなどがいないか様子を窺ったが、何もいない。

フルフェイスのヘルメットを被り、ライダースーツにブーツ履きなので灌木の枝先等は気にしなくてもいい。

泥汚れだけは覚悟して、足場の不安定なそこを登っていくと、樹の陰に何かが見えた。

……段ボール箱のようだ。

それが二つ、ひしゃげるようにして放置されていた。

何度も滑りかけながらそこまで行くと、段ボールの破孔からビニールにパックされ、四角く広げられた状態のハンカチーフの束が見えた。

「……これは」

一枚引き出してみる。

水溜まりにあったハンカチーフと同じような手の込んだ刺繍が、それには施されていた。

「……どれだけあるんだこれ」

不法投棄？　いや、こんな高価な物を？

訳が分からずにそのまま跪《ひざまず》いていると、不意にヘルメットの右の視界に女の顔が割り込んできた。

「えっ？」

それだけでも驚愕したが、その女の頬の部分には穴が幾つか空いており、その周囲が白い糸で盛り上がるくらいにかがってあった。

穴には蜘蛛の巣のように糸が渡され、更に網目模様までが施されている。

鼻は針山になっており、耳介にも透かしが入り、両目の瞼の下縁も、糸で縫い付けられていることに気が付いて、急に気が遠くなった。


「……おい、あんた」

誰かに乱暴に揺すられて、目が覚めた。

見ると、作業服に長靴姿の男が足元に突っ立っていた。段ボール箱を一個抱えている。

「あ、それは」

「これは持ち逃げされたものだから、権利はうちにあるんだよ。被害届も出してあるから、これは揺らがないな。嘘だと思うなら警察に照会してみるといい」

男は急に意味不明な笑いを浮かべて、

「あんたも、ネットのブログで気付いた口かね？　危ない危ない」

「……」

何と返事をしていいのか、分からなかった。この男は妻のブログを見て気付いたのか。

「あれでこれの価値に気付く奴なんているとはな。そもそも汕頭《スワトウ》で検索しないと引っ掛からないし、まずいないと思ったが」

「……いや」

川俣さんは気を失う前に見た女の顔を、まざまざと思い出した。

「そんなもの、欲しくありませんよ。……考えてみたら、最初にここに来ようと思ったときから何かがおかしいんだ」

男は穿《うが》ったような目つきをして、

「何か見たな？」

「……」

「まあいい。これには、このようにして……」

段ボール箱の中を見せる。

真っ赤な、お札のようなものが入っていた。

「道教の辟邪《へきじゃ》の札を入れておかないと、いろいろ祟るんだ」

「祟る？」

「……もう会うこともないだろうから教えてやるが、これは現地でももう絶えてしまって作れないと言われる、特殊な技巧が施された逸品ばかりなんだ。……数十年前に、しかしその技法をまだ身に付けていた女性がいたんだな。あるとき、縁談があって地方の有力者に輿入れした。ところが、実は一室に閉じ込められて、来る日も来る日も白花手布《はっかしゅふ》を作らされたんだ。女は千枚ほど刺繍を終えたが、遂には精神を病んでしまって自死したらしい」

「……何でそんなものが」

「これには価値がある。ただし、分かっている奴だけにな。トランクの中にそのまま入れておいても、税関に引っ掛かることなどまずないだろう？　何しろハンカチだし。そんな訳で容易く無税で輸入できた訳だな」

「いや、そうじゃなくて……」

「その答えも同じだ。これには価値があるからだ。呪物だろうが何だろうが、価値があれば売れる、それだけだ」

男は言い終えると、斜面を下り出した。

ふらふらしながら付いていくと、既に一個段ボールが積まれていた軽トラの荷台に抱えていたもう一つを男は放り込んだ。

「じゃあな」

運転席に座るなり、男は車を発進させた。

泥だらけの姿で、川俣さんはそれを悄然《しょうぜん》と見送るのみだった。

背守り

川奈まり子

五月、美羽さんは夫の母親から手縫いの甚平さんを貰った。

「簡単なアップリケでもいいから、背守りを縫いつけてね」

この甚平さんは、もうすぐ三歳の誕生日を迎える息子のために、義母がわざわざ作ってくれたのだ。

ありがたがらなくてはいけない。

それは重々わかってはいるが、何かを縫いつけろだなんて。

面倒くさい。

手先が不器用で、裁縫は大の苦手。

シャツにアイロンをかけることすら、上手には出来ない。

義母には想像がつかないのかもしれないが、そういう人間もいるのだ。

「背守りって何ですか」と訊ねた声が、思わず知らず、すねた響きを帯びた。

「知らない？　子どもの着物の背中につけると、魔除けになるの。昔は麻の葉や亀甲の刺繍をしたものだけれど、今は何でもいいのよ。可愛い動物やハートマークでも」

「……なるほど。ちょっと考えてみます」

可愛げのない嫁だと思われてしまったかもしれない。

幸い義母は気分を害したようすもなく、上機嫌のまま夕方には帰っていったが。

「あなた、お母さんに甚平さんを貰ったんだけど、背守りをつけなさいって言うのよ」

夜、帰宅した夫にそう告げると、夫は軽い驚きを表して彼女に訊き返した。

「母さんがそう言ったのか。背守りって」

「うん。魔除けになるからって」

「そうか。前に、三つで死んだ姉さんがいた話はしたよな？」

「縁日の夜に、石段から落ちて打ちどころが悪かったのよね」

「うん。そのことを、母さんは、ばあちゃんから貰った初めての浴衣に背守りをつけなかったせいだと、たびたび言っていたんだよ。まだ信じているんだなぁ」

急に気味の悪いことを言いだした、と、美羽さんは心の中で夫から後退りして、

「そんなことがあったなら、あらかじめ背守りをつけてくれたら良かったのに」と言った。

だが、夫は、そんな彼女の気持ちに気づかないようすで、こう続けた。

「ばあちゃんが『背守りをつけなさいよ』って母さんに言ったんだって。だけど、忙しくてお裁縫をする暇なんかなかったから、つけなかった。そうしたら……」

「石段から落ちたって言うの？　そんなの偶然でしょ。あなたは信じるの？」

美羽さんは釈然としなかった。

嫁に背守りをつけさせるのは、姑族に特有の意地悪だとも思われた。

だから、この後、夫が「背守り、つけようよ。つければ安心じゃないか」と言った途端に、

妻である自分を裏切って母親の肩を持ったかのように感じられたのだった。

「私は厭。あなたがつけて」

「もしかして怒ってるの？　どうして？」

「あなたには、わからないのよ。本当にもう……お母さんがつけてくれたら良かったのに」

彼女が頑としてやらないつもりだということが、夫に伝わったようだった。

いつの間にか、夫は甚平さんを実家に送っていた。

彼女はそれを息子に着せもせず、子ども部屋のクローゼットに掛けておいた。

見るとむかつくから、なるべく目に入れないようにしていたのだ。

だから、家からなくなったことにも気がつかなかった。

六月初めのある日、夫の実家からレターパックが届いたので、開封してみたら背守りのついたあの甚平さんが出てきたので、夫を問い詰めて事の次第がわかったのだ。

「勝手なことをして」と彼女は苦笑いした。

直後だったら再び怒りが湧いたのかもしれない。

けれども、あれから時間が経って日にち薬が効いていた。

大嫌いな裁縫をする手間が省けた嬉しさの方が先立った。

「助かっちゃった。お母さんに御礼を言わなくちゃ」

「可愛いじゃん。お日様だ」

甚平さんの背中の上の方に、明るいオレンジ色の糸で太陽の刺繍が巧みに施してあり、実際にとても愛らしかった。

七月半ば、家族三人で鎌倉に旅行した。

美羽さんたちの家は東京都内にあるから、神奈川県鎌倉市は日帰りできる距離だが、あえて宿を取って一泊した。

市内の由比ガ浜で恒例の花火大会を見物するためだった。

花火を見に行くとき、息子にあの甚平さんを着せた。

夫も大人用の甚平を着て、美羽さんは浴衣でめかしこみ、花火の最中に何度か自分のスマホで写真を撮った。

宿に戻ってきて息子が寝てから、その日に撮った写真を夫婦で見返していたら、甚平さんを着た息子の肩に奇妙なものが写り込んでいた。

小さな白い手が、息子の肩にしがみついているかのような……。

しかも、よくよく見れば、花火大会のときに撮った写真の大半に同じものが写っているではないか。

美羽さんは悲鳴を上げて、スマホを夫に向かって放り投げた。

こんな写真が保存されているうちは、怖くてスマホに触れないと思った。

「削除して！　全部消しちゃって！」

大声で騒ぐ美羽さんに対して、夫は冷静だった。

明らかに異常なものを目の当たりにしているというのに、やけに落ち着き払っている。

「わかったけど、でもさ、そんなに怖がるものでもないよ。消すのはもったいなくない？　せっかくの花火大会の想い出だよ」

「何を言ってるの？　どうして平気なの？　信じられない！」

「いや、俺が小さい頃の写真も、よくこうなっていたからさ。今でも実家のアルバムにあるはずだよ。誰も怖がってないよ」

「なんで？　ふつう怖いよ！」

「うちでは、それはたぶんお姉ちゃんだってことになっているからね。背中に張り付いて俺を守ってくれているんだよ。息子にとっては伯母さんだけどね」

美羽さんは納得しなかった。

怪しいものが写り込んでいた写真はすべて消してもらった。

だが、甚平さんは捨てるわけにはいかなかった。

八月、夫の実家に親戚が集まる折に、息子を連れて泊まりがけで遊びに行く約束をしていたのだ。

甚平さんを着せていかないのは、あまりにも不義理だ。

そもそも、甚平さんそれ自体は、彼女も気に入っていた。

義母は、甚平さんを着た孫息子を見ると目を細めて喜び、盛んに写真を撮った。

アレが写るかもしれない。

そう思うから、美羽さんは写真を撮らなかった。

すると、夫が古いアルバムをどこからか引っ張り出してきて、彼女に見せた。

「この前、話しただろう？　ほら。これとか、これとか」

指差された写真には、子ども時代の夫と、その肩にしがみつく小さな手が写っていた。

――何枚も見せられるうちに、だんだん怖くなってきて、「今では気にならなくなりました」と彼女は言う。

青い着物

川奈まり子

指定されたバーは繁華街の外れにあった。

ここはかつて花街だった辺りだが、現在は寂れて、往年の名残を見つけ出すことも難しい。

先に着いてカウンターで待っていると、やがて一人の女が現れて、私の隣に静かに腰かけた。

暗い色味の小紋に献上帯といった昼の装い。

それでも粋筋の雰囲気が感じられるのは、先入観のせいだろうか。芸者だ、と聞いていた。

以下に、彼女から聞いた話を綴る。


昔は、この街の黒塀通り《くろべいとお》にも栄華を極めた時期があったそうです。

三味《しゃみ》の音や歌、笑いさざめく声が道まで溢れて、夜通しにぎやかだったとか。

絹織物で街全体が潤っていた幕末から大正時代まで。景気の良かった昭和の中頃とバブル景気の時分。

そういう頃には、芸者もたくさんいたんですよ。

今じゃ、置屋こそ六軒ありますが、どこも青息吐息で、芸者衆は私を入れて十人ぽっちというありさまです。

とはいえ、私は、不景気になりだしてからこの道に足を踏み入れた口ですけどね。

昨今、芸者になりたがるのは物好きか、わけありで入ってくる女で、私は前者です。母の影響で小さな頃から日舞をやっていて、ここから家も近く、あるとき三味線を習いだしたら、たまたま師匠がこの辺りの芸者で……。

まあ、私については措《お》いておきましょう。

怖い話をご所望なんですよね？

芸者に怪談を語らせようとは、怖いもの知らずですねぇ。

今から二十年くらい前のことです。

当時、私は二十歳で、置屋に住み込んで五、六人の朋輩《ほうばい》と寝起きを共にしていました。

うちのお母さん、いえ、皆さんの言葉に直すと女将さんということになりますが、この人は叩き上げの芸者で、その頃で五十五、六。

それはもう厳しくて怖いお母さんで、若い子たちに恐れられていましたっけ。

でも、キツイ物言いの底に情があって、言うことは全部正しかったんですけどね。

そんな人でしたから、私は、しつけてもらったことに今でも感謝しているんですよ。

だけど、肉親との縁が薄くて他所からひとりぼっちで来た子には、置屋のお母さんにちっとも甘えられないのは、辛いことだったはずです。

修行も大変ですし。昨今の子は踊りや三味線はおろか、着付けも出来やしませんもの。

半玉のうちに辞めてしまう子は、逃げ帰れる場所があるから、まだいいんです。

帰る所がない子は、心を病んでしまうことも……。

今にして思えば、雀《すずめ》さんも……。

雀さんは、私の四年後輩でした。

四年も下と言っても、十六で始めた私より二歳遅く、十八で置屋に入ってきたから、歳は二つしか違いませんでしたけどね。

だからとりあえず、十八、九の女の子を思い浮かべてくださいな。

もっとも雀さんは小柄で痩せていて、歳より二、三歳も幼く見えましたが。

古い小説や何かで「腺病質《せんびょうしつ》」と呼ばれるような子です。

実際ときどき風邪をひいていました。

体も丈夫じゃなさそうでしたが、心も弱かったんでしょう。

置屋に来て一年もしないうちに、視てはいけないものが視え、聞こえてはならないものが聞こえるようになってしまったんです。

なんで知っているかって？

私は雀さんと同じ部屋で寝ていましたからね。

うちの置屋は戦後すぐに建てられた木造で、私たちにあてがわれていた部屋は、二階の北東の角にありました。

四畳と四畳の続き間で、真ん中に欄間《らんま》と鴨居《かもい》がある合わせて八畳の座敷です。

昔は蒲団部屋だったそうで、仕切りの襖は外されていました。

建てている最中に大工さんが「この部屋は鬼門だ」と言いだして、換気と明かり取りの高窓を残して、他の窓はみんな塞いでしまったと聞いています。

だから昼間でも、やけに薄暗いんですよ。

ちなみに、この置屋はまだあって、今じゃその部屋は物置になっています。

でも、私が来た頃には、先代さん……前の代のお母さんが、そこに蒲団を敷いて寝ていました。

先代さんは私が入った時点ですでに九十近い年寄りで、ほとんど寝たきりでした。

だから、二十年以上も前に私たちのお母さんと代替わりしていたんですよ。

私たちのお母さんは先代さんの養女でしたが、実の親も同然に世話を焼いていました。

先代さんと私が同じ屋根の下にいたのは、半年ぐらいだったと思います。

冬のある朝、咳が止まらなくなって急いで入院させたところ、その日のうちに亡くなってしまったんですよ。

ひどい肺炎を患っていたようですが、歳が歳です。寿命でしょう。

そして、先代の一周忌が済むと、そこが私と先輩の芸者の部屋になりました。


うちのお母さんは、さっき言ったように、ちょっと怖くて、気持ちが強い人で、鬼門や何かを信じる性質ではありませんでした。

だから、あの部屋に先代さんを寝かせていたわけだし、その後は私たちが住まわされた次第です。

怖がろうものなら、お母さんに叱られますよ。

だから表立って言うことはできませんでしたが、この部屋は鬼門というだけではなくて、前々から青い着物の幽霊が出るという噂がありました。

私は、相部屋になった最初の晩に、先輩から教えられたのですが。

「蒲団部屋の頃からずっと、そういう噂があるんだよ」

先輩が言うことには、ここで首を吊った芸者が青い着物を着ていたんだそうです。

「鬼門で自殺したから鬼になって、この家に取り憑いているんだってさ。怖いねぇ」

先輩は、怖いと言うわりには平気そうな態度でした。

敷き蒲団に肘枕をついて、私の顔を眺めながらニヤニヤ笑っているんです。

だから私は安心して、「誰かその幽霊を視た人がいるんですか?」と訊ねました。

すると先輩はちょっと残念そうに「怖がらせようと思ったのにぃ」とつぶやいてから「幽霊なんているわけないでしょ。ただの噂だよ」と私に答えました。

だけど、それから後に、明け方、すり足で畳を歩く足音のようなシュッシュッという音を夢うつつに聞いたことが何度かあって、先輩かしらと思うと、先輩はまだ蒲団の中にいたので、驚いて飛び起きたり……それも三度目、四度目となると「またか」と思うだけだったり……。

やがて、この先輩芸者がご贔屓筋《ひいきすじ》の口利きでスナックを開くことになって置屋を出ていくと、入れ違いに十八歳の雀さんがやってきたわけでした。

鬼門の部屋に雀さんと住むようになって数ヶ月が過ぎた、ある晩のことです。

五月だったかしら。秋の例大祭に向けて踊りの稽古が始まった頃だと思います。

急に雀さんが私を揺さぶり起こして、こう言ったんです。

「おねえさん、そこの鴨居から女の人が首を吊ってぶらさがっていました」

驚いてそっちを見ましたけど、生ぬるい空気が薄暗がりに凝っているばかりで、何もありはしません。

もう夜更けでした。

だから「夢だよ」と言って私は背中を向けて寝直したんですが、それからというもの、雀さんはしょっちゅう首吊り女の幻を視るようになってしまって……。

雀さんは、お母さんや踊りのお師匠さんたちに叱られっぱなしでしたから、私だけは優しくしてあげようと思っていたんですよ。

けれども、幽霊を視るたびにいちいち報告してくるので、だんだんうんざりしてきて、何度目かに「もう私に言わなくてもいいからね」と少しきつく申し渡しました。

それなのに、尚もしつこく変なことを言ってくるんです。

私はだんだん、お化けなんかより雀さんの方が不気味に思われてきました。

幽霊がどうしたこうしたと話すときの雀さんの口ぶりが、抑揚に欠けていて、まるで感情がないみたいに静かすぎるのでね……。

それで、ある日とうとう辛抱しきれなくなってしまった次第です。

そのとき私たちは、箪笥の着物を入れ替えて、夏の衣更えをしていました。

すると突然、雀さんが私の付け下げを指差して、あの変に静かな声で、

「おねえさん、例の女の人はこれと似たような着物を着ていました」なんて言ったんです。

私は、我慢の緒が切れるのを覚えました。

「じゃあ、これはあんたにあげるよ」と強い調子で応えて、その場で雀さんの方へ、問題の着物を乱暴に押しやったんです。

それは青い着物でした。

裾に向かって色が淡くなっていく涼し気な紗《しゃ》の付け下げで、例の先輩が出ていくときに私に譲ってくれたものです。

先輩は「古着屋で買った」と言っていましたが、どこも傷んでいない、綺麗な着物でした。

でも先輩が着ているところは一度も見たことがなかったし、私も、試しに一回だけ袖を通してみましたが、なんとなく私らしくない感じがして、しまいっぱなしにしていました。

つまり、どうせ着ないから、ただで雀さんにあげても惜しい感じがしなかったんです。

だけど雀さんは気に入ったようで、よくそれを着るようになりました。

その頃、彼女はお客さんの一人と深い仲になって、それを着て出かけたりもして……。

この人は飲食店を何軒も経営している年輩の実業家で、妻子がいました。

だから変に深入りしてはいけないのに、また、修業中の身では遊んでいるひまなどないはずなのに、雀さんときたら……。

お稽古をさぼって、誘われるままに旅行に同伴されたり一緒に飲みにいってどこかに泊まってきたり……。

そういうときに、私があげた青い着物をよく着ていくんですよ。

私には、それが何かとても厭な感じでした。

私も、十七、八の頃に、そのお客さんと変なムードになりかけたときがありました。

あちらが一方的に色気を出してきただけで、こっちは上手に逃げましたが。

雀さんは本当に愚かでです。おまけに、どうしようもなく怠け者です。

彼女は、私がこんなふうに軽蔑していることを感じ取っていたのかもしれません。

だから、わざと、あの男と逢引するときに私があげた着物を着ていたのかしら。

勘繰りすぎでしょうか。

いずれにせよ気に入らないので、私は雀さんと口を利かないようになりました。

同じ部屋で寝ていましたから、息が詰まりそうでしたよ。

たったひと夏の間のことでしたが。

と、申しますのも、秋が来る前に、雀さんは首を吊って自殺してしまったので。

雀さん、その日は、朝から風邪をこじらせたとか言って寝込んでいたんですよ。

たそがれどきに私が出先からいったん着替えに戻ってきてみたら、鴨居からぶらさがっていました。

なぜか寝間着から例の青い着物に着替えて。

たぶん帯締めで首を括ったのでしょうね。帯がほどけて帯の端が畳までダラーンと長く垂れて……怖いことに、どういうわけか私が部屋に入ったとき遺体が揺れて、シュッシュッシュッと帯が畳を擦ったんですよ。

そう……帯の端がシュッと畳を擦りながら……雀さんの亡骸《なきがら》がじわじわと半回転して、とうとうこちらを向きました。

真っ赤に充血した目玉が、両目から飛び出しそうになっていて、血の混ざった赤い涙が頬に筋を描いておりましたよ。

驚いた拍子に足がもつれて尻もちをついて、悲鳴をあげながら這って廊下に逃れると、後ろから、「おねえさん、そこの鴨居から女の人が首を吊ってぶらさがっていました」という雀さんの声が聞こえてきたような気がして……たぶん、私は気を失いかけたのでしょう。

次の瞬間には、お母さんに抱きかかえられて名前を呼ばれていましたから。

さっきも申し上げましたが、私の実家は黒塀通りの近所にありました。

そこで、その後は実家から置屋に通わせてもらうようになりました。

鬼門の部屋が空くと、お母さんは小さなお仏壇を買って、そこに置きました。

雀さんには二親がいなかったようなんですよね。

だからって、お母さんには、そこまでする義理はなかったけれど、葬儀代を出してきちんと茶毘に付してあげたんです。

お母さん、雀さんの骨壺と位牌を仏壇に置いて朝晩拝んでいましたっけ……。

一人であの部屋に入れるのは、お母さんだけでした。私を含め、みんな怖がって。

だけど、そのお母さんも、あるとき私を呼び留めて、こんなことを言うじゃありませんか。

「ときどき、雀ちゃんの幽霊がすり足で部屋を歩きまわる。姿は見えないけれども、シュッシュッという音が聞こえるんだよ」

こんな物言いは、お母さんらしくありません。

それだけに、嘘ではないとわかって、背筋が冷たくなりました。

それに、シュッシュッというのは、すり足の足音ではなくて、帯が畳を擦る音です。

雀さんの亡骸を見てしまったときに聞いたそれが、無惨な死に顔もろとも、ありありと記憶から蘇ってきて、悲鳴をあげそうになりましたが……。

「怖いですよ、お母さん」とだけ、どうにかこうにか、震え声で返事をして……。

するとお母さんは何かハッとして、取ってつけたように「うちの菩提寺に無縁納骨堂があるから、四十九日法要をやってもらって、雀さんの骨壺をそこに納めることにしたから」と私に告げて、そそくさとその場を立ち去ったのでした。

無縁納骨堂というのは引き取り手がない人のお骨を納めるお堂です。

無縁仏と、どう違うのでしょうね。私には、わかりません。

雀さんとねんごろになった実業家の顔が、ほんの一瞬、頭をかすめました。

あの人はうちによく出入りしていたから、お母さんが雀さんが亡くなったことを知らせたようでした。

でも、お線香の一つも上げに来やしませんでしたよ。

ところが、かわいそうな雀さんの四十九日法要のときには、どこから聞きつけたものやら、呼びもしないのに急に押しかけてきたんです。

しかも、持ってきたデジカメで記念撮影をしたがりまして。

みんな、そんな気にはなれませんでした。

だけど強引でね。仕方なく、お母さんと私たちと、その人とで、写真を撮りました。

そして、後日、それを紙焼きしたものが封書でお母さんに届いてみたら、なんと、それが心霊写真だったんです。

置屋のみんなで見てみたら、私の左斜め後ろに、あの青い着物を着て、うつろな顔つきをした雀さんが、はっきりと写り込んでいるじゃありませんか。

まるで生きた人間のような姿でした。

あの人にも一目で雀さんだとわかったはずなのに、あえてお母さんに送りつけてきた意図は何でしょう。

不実な男なりに大切に思っていた可愛い雀さんを、置屋の連中が虐めて死なせた。

そんな思い違いから私たちを恨んで、わざとこんな写真を送ってよこしたのでしょうか。

お母さんは蒼ざめた顔で「明日の朝いちばんでお寺さんでお焚き上げしてもらう」と言って、その写真をハンドバッグに入れると、自分の部屋に持っていきました。

それで、戻ってくるなり、真剣な面持ちで私たちに申し渡したんです。

「今夜は何があっても私の部屋に足を踏み入れちゃいけないよ」

お母さんは、雀ちゃんの写真が霊障を引き起こすことを恐れているようでした。

ええ、本気で怖がっていましたよ。

自分がいつも使っている小箪笥の上にさっきのハンドバッグを置いてきたからと言って、わざわざ別の部屋に寝に行ったほどです。

でも、その晩、みんなでお夜食をいただいていたときに、お母さんの部屋から小火《ぼや》が出て大騒ぎになり、消火や避難や片づけや何か……すっかり騒動が鎮まったときには、ハンドバッグごと写真が見当たらなくなっていたんですよ。

小箪笥の辺りは、焼けずに無事だったのに。

どさくさまぎれに誰かがハンドバッグを盗んだと考えるのが妥当です。

だけど他には何も盗られていなかったので、なんだか据わりが悪い感じがしました。

それから間もなくお母さんは体調を崩し、他所で芸者をしていた養女を呼び戻すと仕事を引き継がせて、引退してしまいました。

そして私は芸者として一本立ちして、今日に至るわけですが……。

先日、雀さんが最期に着ていた青い単衣《ひとえ》とそっくりな着物を古着屋で見つけましてね。

根っから正義の人だったお母さんが、亡骸から着物を剥いで売り払うとは思えません。

当時の朋輩の顔を思い浮かべても、そんな安達ケ原の鬼婆みたいな仕業をしそうな人は思い当たりませんよ。

だから同じ着物のわけがない。よく似ているだけの別物にきまっている。

と、自分に言い聞かせたんですけどね。無理でした。

魔法のように同じ着物が再び私の手に落ちてきたとしか……。

魅入られたというのは、こういうことかしら。

我ながら変だと自覚しつつも、二十年も経てば怖さより懐かしさがまさるような気もして、
つい買ってしまいました。

古着屋で買いはしましたが、少しも傷んだところがない、悪くないお品ですよ。

まだ私は着ておりませんから、よかったら先生にお譲りしますよ。

如何ですか？

著者プロフィール（五十音順）

蛙坂須美（あさか・すみ）
東京都出身・在住。二〇二二年、共著『瞬殺怪談 鬼幽』でデビュー。著書に『怪談六道 ねむり地獄』、共著『実話奇彩 怪談散華』『実話怪談 虚ろ坂』『怪談番外地 蟲毒の坩堝』ほか、文芸誌に短篇小説や書評、エッセイを寄稿するなど、ジャンル横断的な活動をしている。

雨宮淳司（あめみや・じゅんじ）
福岡県北九州市出身。精神科看護師として医療に従事しながら怪談を蒐集。二〇〇六年『「超」怖い話 超-1怪コレクション』に「直腸内異物」が掲載される。以後、単著・アンソロジー等で怪談を発表。最近作単著は『怪談群書 墜落人形』。共著は『予言怪談』『病院の怖い話』など。

おてもと真悟（おてもと・しんご）
福島県出身、東京都在住の怪談語り。怪談ライブの主催をはじめ、テレビ番組、ウェブメディアに出演。FMラジオの怪談番組パーソナリティも務める。怪談作家・夕暮怪雨とユニット「テラーサマナーズ」としても活動。

加藤 一（かとう・はじめ）
一九九一年刊行の『「超」怖い話』（勁文社版シリーズ第一巻）に最古参共著者として参加し、怪談著者デビュー。以後の三十四年を怪談とともに歩む。『「超」怖い話』四代目編著者、監修者。著、共著、編・監修した怪談本は二百冊を超えた後、数えていない。最新刊は『遺言怪談 形見分け』。

神沼三平太（かみぬま・さんぺいた）
神奈川県相模原市在住。大学や専門学校等で教鞭を執る傍ら怪異体験談の蒐集執筆を行う。竹書房怪談文庫で二千三百話を超える実話怪談を発表。無慈悲系厭怪談の作品群を収録する単著群（最新刊は『怪奇異聞帖 地獄ねぐら』）以外に『恐怖箱 百物語シリーズ』のメイン執筆を担当中。

川奈まり子（かわな・まりこ）
八王子出身。怪異の体験者と土地を取材、これまでに六千件以上の怪異体験談を蒐集。怪談の語り部としてイベントや動画などでも活躍中。主な著作に「一〇八怪談」「実話奇譚」「八王子怪談」各シリーズの他、『禍いの因果 現代奇譚集』『怪談屋怪談』『眠れなくなる怪談沼 実話四谷怪談』など。

木根緋郷（きね・ひさと）
北海道生まれ岐阜育ち。関東在住。Youtube「怪談の根っ子」。イベント、怪談番組で怪談師として出演。YouTube「オカルトエンタメ大学」では、蒐集力を活かし、二代目怪談蒐集力王者となった。近著に「京浜東北線怪談」「北の怪談」がある。

郷内心瞳（ごうない・しんどう）
宮城県出身・在住。郷里の先達に師事し、二〇〇二年に拝み屋を開業。憑き物落としや魔祓いを主軸に、各種加持祈祷、悩み相談などを手掛けている。二〇一四年『拝み屋郷内 怪談始末』で単著デビュー。主な著作に『拝み屋備忘録』『拝み屋怪談』『拝み屋異聞』各シリーズなど。

しのはら史絵（しのはら・しえ）
東京都出身。映像、ラジオドラマのプロット・シナリオ、小説を手掛ける傍ら怪談蒐集をしている。怪異座談会や怪談イベントも主催。単著として『弔い怪談 葬歌』『弔い怪談 呪言歌』、アンソロジーとして『お道具怪談』『呪物怪談』『恐怖箱 呪霊不動産』『実話怪談 牛首村』等を上梓。

高田公太（たかだ・こうた）
青森県弘前在住の怪談作家。『絶怪』を始め、既刊に『青森怪談 弘前乃怪』『怪談 恐山』『恐怖箱 青森乃怪』『怪の細道 東北巡礼』『青森の怖い話』他多数。

橘 百花（たちばな・ひゃっか）
栃木県出身。仕事の合間の遠出が趣味。主な著作に『恐怖箱 死縁怪談』、テーマ怪談アンソロジー「恐怖箱」シリーズ、『栃木怪談』では、生まれ育った栃木県南部を積極的に取材。他には児童書『怪異伝説ダレカラキイタ？』などがある。

つくね乱蔵（つくね・らんぞう）
一九五九年福井県生まれ、現在は滋賀県在住。実話怪談大会「超‐1／二〇〇七年度大会」でデビュー。二〇一二年の初単著『厭怪』で厭という概念を産みだした。以降、厭系怪談の開祖として数々の単著や共著を発表。読む者に絶望的な喪失感を与える怪談は、他の追随を許さない。

内藤駆（ないとう・かける）
東京都出身。専門学校時代、集めた怪談を持て余しているところを加藤一氏に拾われ、共著『現代怪談 地獄めぐり』にて二〇一八年にデビュー。現在は一般社会人をしながら、東京を中心に怪談を蒐集している。単著に恐怖箱シリーズ『夜泣怪談』『夜行怪談』、『異形連夜　禍つ神』など。

ねこや堂（ねこやどう）
九州在住。実話怪談著者発掘企画「超‐1」を経て竹書房恐怖箱シリーズ参戦。現在、お猫様の下僕をしつつ細々と怪談蒐集中。主な著作「実話怪談封印匣」、主な共著は恐怖箱百物語シリーズ、現代実話異録シリーズ、『追悼奇譚 禊萩』『聞コエル怪談』『お道具怪談』等多数。

服部義史（はっとり・よしふみ）
北海道出身、恵庭市在住。体験談の空気感を重要視する為、現地取材数はこれまでに九千件を超える。著書に『実話奇聞 怪談骸ヶ辻』『実話怪奇録 北の闇から』『蝦夷忌譚 北怪導』『恐怖実話 北怪道』、その他共著に「恐怖箱」テーマアンソロジーシリーズなど。

久田樹生（ひさだ・たつき）
一九七二年生まれ。小説、実録怪異譚、ルポルタージュ他を執筆している。近著に『忌怪島〈小説版〉』『牛首村〈小説版〉』『熊本怪談』『仙台怪談』『宮崎怪談』（全て竹書房刊）などがある。

ホームタウン
怪談カルチャーのニュースサイト『怪談ガタリー』編集長。実話怪談にのめり込み二〇一九年より本格的に怪談蒐集を開始。現在『杜下怪談会』『恐点』などの怪談イベント主催や出演など精力的に活動中。共著参加作品に『呪録怪の産声』『予言怪談』など。

松本エムザ（まつもと・えむざ）
竹書房怪談マンスリーコンテスト受賞を機に、二〇一九年『誘ゐ怪談』を上梓。主な著作に単著『貰い火怪談』『狐火怪談』、共著『栃木怪談』『伝承異聞 呪林』他。出演DVDに『怪奇蒐集者』『真夜中の怪談』等。「綴り」と「語り」で怪談の魅力を鋭意発信中。栃木県在住。

三雲央（みくも・ひろし）
実話怪談大会『超‐1』参加をきっかけに怪談の執筆を開始。主な著作に『心霊目撃談 現』。その他『恐怖箱』シリーズなど。

夜行列車（やこうれっしゃ）
東京都出身。ピッコマ・くらげバンチにて『首くくりの町』『山に入れなくなった話』電子漫画連載中。国内では書籍ゼロながら海外では四カ国で発売中。実話怪談の主な参加書著に『伝承異聞 呪林』『呪物怪談』がある。竹書房ホラーちゃんねるにて著者インタビュー動画なども制作。

渡部正和（わたなべ・まさかず）
山形県出身・千葉県在住、O型。二〇一〇年より冬の「超」怖い話執筆メンバーになる。二〇一三年、『「超」怖い話 鬼市』にて単著デビュー。主な著書に『「超」怖い話 鬼窟』『「超」怖い話 隠鬼』『鬼訊怪談』、その他『恐怖箱』レーベルのアンソロジーでも活躍中。

渡井亘（わたらい・こう）
漫画家・イラストレーター・小説家・シナリオライター。小説家デビュー後「恋愛感情のまるでない幼馴染漫画」で漫画家デビュー。以降は漫画中心だが、著作で小説と挿絵を担当するなど活動形態は独特。怪談の参加共著に「病院の怖い話」がある。

★読者アンケートのお願い

本書のご感想をお寄せください。アンケートをお寄せいただきました方から抽選で５名様に図書カードを差し上げます。
（締切：2024 年 12 月 31 日まで）

応募フォームはこちら

着ル怪談

2024 年 12 月 6 日　初版第一刷発行

著者……蛙坂須美、雨宮淳司、おてもと真悟、加藤 一、神沼三平太、川奈まり子、木根緋郷、郷内心瞳、しのはら史絵、高田公太、橘 百花、つくね乱蔵、内藤 駆、ねこや堂、服部義史、久田樹生、ホームタウン、松本エムザ、三雲 央、夜行列車、渡部正和、渡井 亘（五十音順）
編者……加藤 一
カバーデザイン……橋元浩明（sowhat.Inc）

発行所……株式会社　竹書房
〒 102-0075　東京都千代田区三番町 8-1　三番町東急ビル 6F
email: info@takeshobo.co.jp
https://www.takeshobo.co.jp
印刷・製本……中央精版印刷株式会社